CONTES
CHOISIS

Y0-BWT-249

Phot. Nadar.

GUY DE MAUPASSANT

NOUVEAUX CLASSIQUES LAROUSSE

Fondés par
FÉLIX GUIRAND
Agrégé des Lettres

Dirigés par
LÉON LEJEALLE
Agrégé des Lettres

GUY DE MAUPASSANT

CONTES CHOISIS

avec une Notice biographique, une Notice historique
et littéraire, des Notes explicatives, des Jugements,
un Questionnaire et des Sujets de devoirs,

par

ANDRÉE ALVERNHE

Licenciée ès Lettres

LIBRAIRIE LAROUSSE • PARIS VI

17, rue du Montparnasse, et boulevard Raspail, 114
Succursale : 58, rue des Écoles (Sorbonne)

MAUPASSANT ET SON TEMPS

	LA VIE ET L'ŒUVRE DE MAUPASSANT	LE MOUVEMENT INTELLECTUEL ET ARTISTIQUE	LES ÉVÉNEMENTS HISTORIQUES
1850	Naissance à Miromesnil de Guy de Maupassant (5 août).	Mort de Balzac	Politique réactionnaire de l'Assemblée législative et du président Louis-Napoléon. Loi Falloux. Loi sur la presse, loi électorale.
1863	Entrée au petit séminaire d'Yvetot.	E. Fromentin : *Dominique*. E. Renan : *Vie de Jésus*.	Progrès de l'opposition aux élections législatives. Protectorat français sur le Cambodge. Guerre du Mexique.
1868	Rhétorique au collège de Rouen.	E. et J. de Goncourt : *Madame Gervaisais*. A. Daudet : *le Petit Chose*.	Concessions libérales de Napoléon III : lois sur la presse.
1870-1871	Mobilisé, puis versé dans l'Intendance.	P. Verlaine : *la Bonne Chanson*. H. Taine : *De l'intelligence*.	Guerre franco-allemande. Commune de Paris.
1875	Débuts littéraires ; influence de Flaubert.	E. Zola : *la Faute de l'abbé Mouret*. Fustel de Coulanges : *Histoire des institutions politiques de l'ancienne France*.	Lois constitutionnelles sur les pouvoirs publics. Menace de guerre franco-allemande.
1880	*Boule-de-Suif* paraît dans les *Soirées de Médan*. *Des vers*.	Mort de G. Flaubert. Premiers « mardis » chez S. Mallarmé. Dostoïevsky : *les Frères Karamazov*. Invention de la lampe à incandescence par Edison.	Le 14 juillet devient fête nationale. Loi d'amnistie : retour des anciens communards. Décrets sur l'expulsion des jésuites.
1881	*La Maison Tellier* (contes). Voyage en Algérie.	A. France : *le Crime de Sylvestre Bonnard*. P. Verlaine : *Sagesse*. H. Ibsen : *les Revenants*. A. Renoir : *le Déjeuner des canotiers*.	Loi sur la liberté de la presse. Élections législatives : ministère Gambetta. Protectorat sur la Tunisie.
1882	*Mademoiselle Fifi* (contes). Voyage en Bretagne.	Koch découvre le bacille de la tuberculose. Débuts des cours de Charcot à la Salpêtrière. Pasteur découvre la vaccination anticharbonneuse.	Loi organisant l'enseignement primaire. Mort de Gambetta. Krach de l'Union générale. Constitution de la Triple-Alliance.
1883	*Une vie* (roman). *Contes de la bécasse*.	E. Renan : *Souvenirs d'enfance et de jeunesse*. Mort de Tourguéniev, de R. Wagner, d'É. Manet.	Ministère J. Ferry : guerre du Tonkin.

	Œuvre de Maupassant	Littérature	Histoire
1884	*Au soleil* (récit de voyages). Trois recueils de contes : *Clair de lune, Miss Harriet, les Sœurs Rondoli.*	A. Daudet : *Sapho.* J.-K. Huysmans : *A rebours.* H. Ibsen : *le Canard sauvage.* Massenet : *Manon.* C. Franck : *Variations symphoniques.*	Loi sur les syndicats ouvriers. Guerre de Madagascar. Conférence internationale de Berlin : création de l'État indépendant du Congo. Premier ballon dirigeable du capitaine Renard.
1885	Trois recueils de contes : *Yvette, Contes du jour et de la nuit, Toine. Bel-Ami* (roman).	É. Zola : *Germinal.* J. Laforgue : *Complaintes.* Mort de V. Hugo. Pasteur découvre la vaccination antirabique.	Chute de J. Ferry après l'évacuation de Lang-son. Élections générales : recul des républicains.
1886	Deux recueils de contes : *Monsieur Parent, la Petite Roque.* Court voyage en Angleterre.	P. Loti : *Pêcheur d'Islande.* A. Rimbaud : *les Illuminations.* G. Fauré : *Requiem.*	Début de l'agitation boulangiste. Grève des mineurs de Decazeville.
1887	*Mont-Oriol* (roman). *Le Horla* (contes).	S. Mallarmé : *Poésies.* Fondation du Théâtre libre d'A. Antoine. G. Strindberg : *le Père.* Mort de Borodine.	Élection de Sadi-Carnot à la présidence de la République, après la démission de J. Grévy. Affaire Schnaebelé.
1888	*Pierre et Jean* (roman). *Sur l'eau* (journal de voyage). *Le Rosier de madame Husson* (contes). Voyage en Tunisie.	M. Barrès : *Sous l'œil des Barbares.* G. Hauptmann : *l'Honneur des Sudermann.* Fondation de l'Institut Pasteur.	Développement du mouvement boulangiste. Avènement de Guillaume II.
1889	*La Main gauche* (contes). *Fort comme la mort* (roman). Deuxième voyage en Italie.	P. Bourget : *le Disciple.* M. Maeterlinck : *la Princesse Maleine.* G. d'Annunzio : *le Plaisir.* H. Bergson : *Essai sur les données immédiates de la conscience.*	Fin de l'agitation boulangiste ; élections favorables aux républicains. Exposition universelle de Paris (tour Eiffel).
1890	*La Vie errante* (récit de voyages). *L'Inutile Beauté* (contes). *Notre cœur* (roman).	Fondation du Théâtre d'art par P. Fort. E. Renan : *l'Avenir de la science.* W James : *Principes de psychologie.* Mort de Van Gogh.	Première manifestation du 1er mai.
1891	Cure à Divonne. Graves symptômes de déséquilibre nerveux.	É. Zola : *l'Argent.* A. Gide : *les Cahiers d'André Walter.* M. Barrès : *le Jardin de Bérénice.* Travaux d'Helmholtz sur les électrons.	Fusillade de Fourmies.
1892	Tentative de suicide. Internement à la clinique du docteur Blanche.	P. Loti : *Fantôme d'Orient.* A. France : *l'Étui de nacre.* P. Claudel : *la Jeune Fille Violaine* (première rédaction).	Grève des ouvriers mineurs de Carmaux. Scandale de Panama. Premiers attentats anarchistes.
1893	Mort de G. de Maupassant (6 juillet).	S. Mallarmé : *Vers et prose.* G. Courteline : *Boubouroche.*	Élections générales : progrès des socialistes. Alliance franco-russe.

RÉSUMÉ CHRONOLOGIQUE
DE LA VIE DE GUY DE MAUPASSANT
(1850-1893)

5 août 1850. — Naissance de Guy de Maupassant au château de Miromesnil, près de Dieppe.

1856. — Naissance de son frère Hervé. Peu après, séparation des parents; Mme de Maupassant se retire aux Verguies, à Étretat, avec ses deux enfants.

1863. — Après une enfance libre et vagabonde, il entre au petit séminaire d'Yvetot.

1868. — Rhétorique au collège impérial de Rouen. Il a pour correspondant le poète Louis Bouilhet, intime de Flaubert.

1870. — Guerre franco-allemande. Maupassant part avec la classe 1870, puis il est versé dans l'Intendance, à Rouen; il reste sous l'uniforme jusqu'en septembre 1871.

1872. — Il entre au ministère de la Marine. Dès cette époque il s'exerce à des travaux littéraires, surtout poétiques, sous la férule de Flaubert. Il passe ses loisirs en exercices violents et canotage sur la Seine.

1875. — Un premier conte, *la Main d'écorché*, paraît dans l'*Almanach de Pont-à-Mousson*, puis çà et là quelques pièces de vers sont publiées. Il connaît chez Flaubert, Tourguéniev, Zola, Daudet, E. de Goncourt; il est présenté à la princesse Mathilde. Chez Catulle Mendès, il rencontre Mallarmé, Villiers de L'Isle-Adam; chez Zola se réunit un groupe de jeunes qui formera le groupe de Médan.

1877. — Maupassant souffre de troubles de santé. Cure aux eaux de La Louèche.

1879. — Ballande monte, à Déjazet, un acte de Maupassant : *Histoire du vieux temps*. Grâce à Flaubert, il est détaché au ministère de l'Instruction publique.

1880. — Le 16 avril, *Boule-de-Suif* paraît dans *les Soirées de Médan*; le 25 avril, *Des vers* paraissent en volume; 8 mai, mort de Flaubert. Maupassant devient un auteur à succès et quitte l'administration. Au cours de l'été, voyage en Corse.

1881. — En mai, paraît en volume *la Maison Tellier*, recueil de contes. Au cours de l'été, voyage en Algérie.

1882. — En mai, *Mademoiselle Fifi*, recueil de contes; au cours de l'été, voyage à pied en Bretagne.

1883. — En avril, *Une vie*, roman; en juin, *Contes de la bécasse*.

1884. — En janvier, *Au soleil*, récit de voyage; en avril, *Miss Harriet*, en juillet, *les Sœurs Rondoli*, trois recueils de contes; il publie également, en préface aux lettres de Flaubert à George Sand, une étude sur Flaubert. Les troubles nerveux commencent à se manifester.

1885. — *Yvette*, *Contes du jour et de la nuit*, *Toine*, trois recueils de contes, et, en mai, *Bel-Ami*, roman. Au printemps, voyage en Italie et en Sicile; au cours de l'été, cure à Châtelguyon.

1886. — *Monsieur Parent*, *la Petite Roque*, deux recueils de contes; en été, court voyage en Angleterre.

1887. — En janvier, *Mont-Oriol*, roman; en mai, *le Horla*, recueil de contes.

1888. — En janvier, *Pierre et Jean*, roman, précédé d'une *Étude sur le roman*, en préface; *Sur l'eau*, journal de voyage (une édition très remaniée paraîtra en 1889); *le Rosier de madame Husson*, recueil de contes; au cours de l'hiver 1888-1889, voyage en Tunisie.

1889. — En mars, *la Main gauche*, recueil de contes; en mai, *Fort comme la mort*, roman. Hervé de Maupassant est interné à l'asile de Bron. Deuxième voyage en Italie sur le yacht *Bel-Ami*.

1890. — En mars, *la Vie errante*, récit de voyages; en avril, *l'Inutile Beauté*, recueil de contes; en juin, *Notre cœur*, roman.

1891. — Cure à Divonne. L'état de santé de Maupassant devient très inquiétant.

1892. — Le 1er janvier, tentative de suicide à Cannes. Le 6, il est interné à Passy, à la clinique du Dr Blanche; il n'en sortira plus.

Le 6 juillet 1893. — Mort de Guy de Maupassant.

Maupassant avait vingt-neuf ans de moins que G. Flaubert, vingt-huit ans de moins qu'E. de Goncourt, dix ans de moins qu'A. Daudet et qu'É. Zola, huit ans de moins que S. Mallarmé, six ans de moins que P. Verlaine et qu'A. France, deux ans de moins que J.-K. Huysmans et que Mirbeau, le même âge que P. Loti, deux ans de plus que P. Bourget, quatre ans de plus qu'A. Rimbaud, douze ans de plus que M. Barrès, dix-neuf ans de plus qu'A. Gide, vingt et un ans de plus que Marcel Proust.

CONTES CHOISIS

NOTICE

Les années d'apprentissage. Le disciple de Flaubert. — Fils d'une amie d'enfance de Gustave Flaubert, intelligente et lettrée, neveu du brillant Alfred Le Poittevin[1], dont l'influence fut si grande sur la formation intellectuelle de Flaubert, Guy de Maupassant, dès l'époque où il fait sa rhétorique au lycée de Rouen, rend visite au solitaire de Croisset en compagnie du poète Louis Bouilhet[2].

L'intimité qui se noue alors entre Flaubert et le jeune homme va s'épanouir après la guerre de 1870, et quelques années plus tard Guy devient le fils spirituel, le disciple dont la tendre affection adoucira les dernières années du vieux maître.

Nous trouvons dans la correspondance[3] l'expression de la tendresse de sentiments qui les unit, nous y trouvons également les preuves de l'affectueuse sollicitude de Flaubert, qui ne ménage pas les démarches pour ouvrir au jeune homme les colonnes des journaux et qui l'aide aussi bien dans la carrière des lettres que dans la carrière administrative. Mais nous y chercherions en vain la trace des enseignements littéraires que, pendant sept ans, Flaubert a prodigués à son « très aimé disciple », à Paris, rue Murillo, l'hiver, ou à Croisset, l'été.

C'est Maupassant qui nous confie dans son *Essai sur le roman* : « Pendant sept ans, je fis des vers, je fis des contes, je fis des nouvelles, je fis même un drame détestable[4], il n'en est rien resté. Le maître lisait tout, puis le dimanche suivant, en déjeunant, développait ses critiques et enfonçait en moi, peu à peu, deux ou trois principes qui sont le résumé de ses patients enseignements. » La dette spirituelle contractée envers l'oncle Le Poittevin, c'est envers le neveu que Flaubert s'en acquitte.

Évoquant cette admirable amitié dont Albert Thibaudet souligne qu'il ne s'en trouve peut-être pas d'autre exemple dans l'histoire littéraire, Maupassant écrit beaucoup plus tard, à la fin de sa brève existence, dans une heure lucide encore : « Je songe toujours à

---

1. *Alfred Le Poittevin* (1816-1848) a laissé quelques œuvres inachevées qui ne permettent pas de porter un jugement sur son talent; 2. *Louis Bouilhet* (1822-1869), poète, alors conservateur de la bibliothèque de la ville de Rouen, était un intime de Flaubert; 3. Correspondance de G. Flaubert à G. de Maupassant et de G. de Maupassant à Flaubert de 1873 à 1880; 4. Ce drame s'intitulait *la Trahison de la comtesse de Rhune*.

mon pauvre Flaubert et je me dis que je voudrais être mort, si j'étais sûr que quelqu'un penserait à moi de cette façon[1]. »

Comme si l'aîné avait attendu pour disparaître que le cadet assurât la relève, Flaubert a la grande joie, avant de mourir le 18 mai 1880, de lire la première œuvre de Guy de Maupassant, dont il lui écrit que c'est un chef-d'œuvre : c'est *Boule-de-Suif*.

Zola et les soirées de Médan. — Vers les années 1880, Zola fait figure de chef d'école; ses professions de foi « naturalistes », le succès de scandale de ses romans attirent sur lui l'attention du public, et les jeunes littérateurs ambitieux vont à lui; les jeudis de la rue Saint-Georges groupent quelques jeunes gens de talent : c'est d'abord le fidèle Paul Alexis[2]; puis Henry Céard[3], accompagné de J.-K. Huysmans[4], rend visite à l'auteur du *Ventre de Paris*[5]; vient ensuite Léon Hennique[6], après une conférence sur l'*Assommoir*[7]; enfin Guy de Maupassant, qui s'était lié chez Flaubert avec Zola et Alexis. C'est ainsi que se constitue le « groupe de Médan », du nom d'une petite localité de banlieue où Zola avait acheté, en 1877, une maison.

L'idée vient aux jeunes auteurs de publier un volume de nouvelles en collaboration avec le maître, chacun apportant une petite histoire sur la guerre de 1870. On hésite longtemps sur le choix du titre; on s'arrête un moment à l'*Invasion comique*, qui donne bien le ton du volume, mais « pour faire démarrer la critique » Maupassant écrit dans le *Gaulois*[8] un article qui, tout en romançant un peu les circonstances, relate cependant l'essentiel de la collaboration des cinq jeunes auteurs avec Zola et annonce la publication du volume sous le titre de *Soirées de Médan*.

L'*Attaque du moulin*, de Zola, ouvre le volume. C'est le moins naturaliste des récits, une idylle tendre et dramatique, dont on fera plus tard un livret d'opéra-comique; vient ensuite *Boule-de-Suif* de Maupassant. L'anecdote sur laquelle est fondé le récit est véridique et l'on a pu identifier le personnage de Boule-de-Suif et celui de Cornudet, le « démocrate »; c'est l'occasion, pour le

1. Cité par Pol Neveux dans l'étude qui sert d'avant-propos à *Boule-de-Suif* (édition Conard); 2. *Paul Alexis* (1847-1901) a publié quelques romans, adapté pour la scène le roman d'E. de Goncourt : *les Frères Zemganno* et écrit une étude sur Zola : *Émile Zola, notes d'un ami* (1882); 3. *Henry Céard* (1851-1924) a écrit deux romans et collaboré à plusieurs journaux comme critique littéraire. Membre de l'académie Goncourt (1918); 4. *Joris-Karl Huysmans* (1848-1907). Après avoir écrit une série de romans et nouvelles de style naturaliste, il se fait oblat chez les bénédictins (1892). *En route* (1895), *la Cathédrale* (1898), etc., sont des œuvres d'édification. Il fut, par le testament d'E. de Goncourt, un des premiers membres de l'académie Goncourt; 5. *Le Ventre de Paris* : roman de Zola publié en 1873; 6. *Léon Hennique* (1851-1935) publia une dizaine de romans ou nouvelles; il fut un des premiers membres de l'académie Goncourt désigné par testament; 7. *L'Assommoir* : roman de Zola publié en 1877; ce fut son premier succès de librairie; 8. Article publié dans *le Gaulois* du 17 avril 1880.

jeune auteur, à propos d'un sujet « raide de fond » et « embêtant pour les bourgeois[1] », de peindre, au cours d'un voyage en diligence, une réduction de la société du temps : des nobles, des bourgeois, un démocrate, des bonnes sœurs et une fille, Boule-de-Suif; c'est à cette dernière, naturellement, que vont toute la sympathie et la pitié de Maupassant. Ce petit récit reçoit tout de suite l'hommage admiratif du groupe et fait crier Flaubert au chef-d'œuvre : il va consacrer la renommée du jeune auteur et orienter plus précisément vers le conte une production littéraire jusque-là tournée également vers la poésie et le théâtre.

Sac au dos de Huysmans, *la Saignée* de Céard, *l'Affaire du grand 7* de Léon Hennique, *Après la bataille* de Paul Alexis complètent ce petit volume qui vilipende le romantisme littéraire, raille tous les régimes politiques, dépoétise l'esprit militariste et montre partout la bêtise, la férocité ou la tromperie.

Le but recherché est atteint, la critique réagit violemment et le jeune cénacle ne peut que se féliciter du succès de scandale et de réprobation qu'il a soulevé : l'attention du public est attirée sur lui.

La publication des contes : 1880-1890. — « Je suis entré dans la vie littéraire comme un météore, j'en sortirai comme un coup de foudre. » Ces paroles de Guy de Maupassant à José-Maria de Heredia, lors d'une suprême rencontre, résument en une formule saisissante la brièveté d'une carrière littéraire étonnamment brillante et féconde. Le jeune journaliste à qui Flaubert avait entrouvert les colonnes des journaux atteint brusquement au succès. Au lendemain de la publication de *Boule-de-Suif*, Arthur Meyer l'attache à son journal, *le Gaulois;* un an plus tard, Maupassant collabore au *Gil Blas* (1882), puis au *Figaro* et à *l'Écho de Paris* (1884).

Cette carrière de journaliste ne l'empêche pas de produire, pendant dix fécondes années, la matière d'une trentaine de volumes, vers, contes, nouvelles, romans, récits de voyage et théâtre. Il jouit d'une renommée incontestée en France et à l'étranger, où ses œuvres sont parfois traduites avant même de paraître en volume en France et où on le plagie souvent.

Cette production régulière et abondante est le résultat d'un travail systématique et organisé[2]; elle atteint son sommet vers l'année 1886, pour décliner légèrement en quantité jusqu'en 1890, dernière année de production littéraire; toutefois, le dernier recueil de contes ne le cède en rien en qualité aux précédents et contient plusieurs chefs-d'œuvre. Moins de deux ans plus tard, le génie du grand conteur s'abîme prématurément dans la folie, puis dans la mort.

---

1. Les deux expressions sont de Flaubert; 2. Si les manuscrits sont en général peu raturés, c'est que Maupassant s'astreignait à une méthode rigoureuse de composition mentale; il ne prenait la plume que lorsque l'organisation préalable du récit était achevée dans sa tête.

Les quelque 270 contes écrits par Maupassant furent en majorité publiés d'abord dans des revues ou des journaux, puis remaniés ou repris tels quels pour composer chaque année la matière d'un ou de plusieurs volumes. C'est ainsi que lorsqu'il publie, en 1881, chez l'éditeur Havard, *la Maison Tellier*[1], dont le point de départ était une anecdote réelle racontée à Maupassant par Charles Lapierre, il joint à cette nouvelle, qui lui a demandé un an de travail et qui sert de titre au volume, divers contes déjà publiés : *En famille*, dans *la Nouvelle Revue* du 15 février; *Histoire d'une fille de ferme*, dans *la Revue politique et littéraire* du 20 mars; *Sur l'eau*, qui reprend, sous un nouveau titre, *En canot*, publié en 1876 dans *le Bulletin français* sous le pseudonyme de Guy de Valmont[2]; *le Papa de Simon*, publié le 1er décembre 1879 dans *la Réforme*, auxquels il ajoute : *Une partie de campagne*, *Au printemps* et *la Femme de Paul*.

De 1881 à 1890, Maupassant publie ainsi chez divers éditeurs dix recueils de contes et nouvelles, qui prennent pour titre, le plus souvent, le récit initial. En 1882, *Mademoiselle Fifi*; en 1883, les *Contes de la bécasse*; en 1884, *Clair de lune*, *Miss Harriet* et les *Sœurs Rondoli*; en 1885, *Yvette*, *Contes du jour et de la nuit*[3], et *Toine*; en 1886, *Monsieur Parent* et *la Petite Roque*; en 1887, *le Horla*; en 1888, *le Rosier de madame Husson*; en 1889, *la Main gauche*; en 1890, *l'Inutile Beauté*.

Quatre autres recueils posthumes seront publiés chez Ollendorff : en 1899, *le Père Milon*; en 1900, *le Colporteur*; en 1901, les *Dimanches d'un bourgeois de Paris*; en 1912, *Misti*.

Maupassant jouit très vite d'un succès considérable qui fait de lui un homme à la mode. Il sait parfaitement exploiter ses succès sur le plan financier, et — à une époque où les écrivains sont largement rémunérés — il réalise une des fortunes littéraires les plus considérables de la fin du XIXe siècle, grâce à laquelle il mènera une vie luxueuse qu'il fera partager à sa famille.

Dans *le Petit Bottin des lettres et des arts* (1886), le nom de Maupassant est suivi des initiales N. C. — que les confrères malicieux ou jaloux traduisent « notable commerçant ».

Les sources : « L'humble vérité ». — Anatole France, en nommant Maupassant prince des conteurs, a pu dire que le jeune auteur

---

1. L'ouvrage était dédié à Tourguéniev. En effet, après la mort de Flaubert, une intimité plus grande avait lié les deux amis du disparu. C'est Tourguéniev qui introduisit l'œuvre de Maupassant en Russie et la fit lire à Tolstoï. Il exerça une influence certaine sur l'art de son jeune ami; 2. *Valmont* : petite localité proche d'Étretat, dont le nom évoque aussi le héros des *Liaisons dangereuses*, de Choderlos de Laclos. La plupart des œuvres de Maupassant sont signées de son patronyme; toutefois, en 1882, quand il commence à collaborer au *Gil Blas*, il signe contes et chroniques du pseudonyme de « Maufrigneuse » (emprunté à Balzac); 3. Ce recueil porte par exception un titre d'ensemble qui n'est pas celui du récit initial; il en est de même pour *la Main gauche*.

avait retrouvé la tradition gauloise des fabliaux. Maupassant est bien l'héritier d'une longue lignée de conteurs français, mais il est le plus souvent difficile de déceler une inspiration ou une imitation littéraire précise dans l'intrigue de ses contes ou dans le dessin de ses personnages. Il peint sur le vif. Son art puise directement à la réalité. Il fait ainsi figure originale, et on peut le considérer à juste titre comme le créateur d'un certain style de contes, d'un certain type de personnages.

L'impossibilité de remonter à des sources littéraires précises pour expliquer le texte de Maupassant, la clarté de sa langue, la rigueur de composition de ses récits justifient la remarque de Jules Lemaître, qui note dans *les Contemporains* : « Maupassant offre peu de prise au bavardage de la critique. »

Méprisant fort les théories à la mode, jaloux de son indépendance, il n'échappe pas toutefois à l'influence de certaines tendances communes aux écrivains de sa génération : pessimisme, préoccupations scientifiques, réalisme des sujets, mais seulement dans la mesure où ces tendances trouvent un écho dans sa propre expérience, dans ses goûts, dans ses convictions personnelles.

Il eut pour maîtres en pessimisme Flaubert et Schopenhauer, mais le pessimisme de Maupassant n'est pas une attitude purement intellectuelle : une enfance attristée par la désunion des parents, les névroses d'une mère tendrement aimée, l'internement d'un frère cadet, enfin des troubles nerveux qui le conduiront lui-même très jeune à la folie et à la mort sont les causes d'une tristesse contre laquelle Flaubert déjà le met en garde[1]. Il a aussi le pessimisme des grands sensuels. « C'est un faune un peu triste, » dit J. Lemaître. Comme Flaubert, il cache, sous une apparence physique robuste et sanguine, une organisation nerveuse, fragile et délicate.

Il réagit, dans sa jeunesse, par les farces, les gaillardises, le grand exercice au plein air, le canotage, la chasse. Nous retrouvons tous ces thèmes dans l'œuvre et nous y trouvons également l'expression de son pessimisme, qui ne se dissocie presque jamais d'un sens profond de la pitié, lié au sentiment de l'irresponsabilité tragique de l'homme en face du destin. Il est, comme Flaubert, frappé par la limitation des facultés humaines, l'impossibilité d'atteindre à la vérité non seulement à cause de la faiblesse de notre intelligence, mais aussi à cause de la grossièreté et de la limitation de nos sens. Sa pitié va essentiellement aux plus déshérités, aux enfants sans père, aux abandonnés, aux simples d'esprit, aux humbles, aux animaux maltraités ou suppliciés, à toutes les créatures impuissantes à savoir analyser ou même exprimer leur souffrance. C'est par là qu'il rejoint le sentiment tragique de la fatalité antique, mais adapté aux petites gens, à la vie de tous les jours.

---

1. Cf. *Correspondance de Flaubert*, lettre du 15 juillet 1878 : « Prenez garde à la tristesse. C'est un vice. On prend plaisir à être chagrin et, quand le chagrin est passé, comme on y a usé des forces précieuses, on en reste abruti. »

Plus tard, il essaiera de s'évader par les voyages, par les croisières sur son yacht *Bel-Ami*, par la « vie errante ».

Parce qu'il est rationaliste et sans religion, proche de la nature et de tous les êtres de la création, il est influencé par les théories de Darwin et de Spencer sur l'évolutionnisme. La fiction du *Horla* suggère la possibilité de l'apparition sur terre d'un être plus parfait que l'être humain et destiné à le détrôner et à l'asservir comme « l'homme l'a fait du bœuf ou du cheval ».

Les leçons de Charcot à la Salpêtrière sur l'hypnotisme, le magnétisme et l'hystérie font courir tout Paris et même l'Europe[1]; Maupassant s'y passionne alors que lui-même souffre depuis 1878 de troubles nerveux, douloureux et inquiétants. Toutefois, il ne partage pas la foi de Zola en un progrès scientifique qui amènerait l'âge d'or de l'humanité.

Les théories et les courants d'idées de l'époque le laissent fidèle à son instinct et, à la différence de son ami Paul Bourget, il n'écrit jamais pour justifier une théorie. Il entend ne pas s'éloigner de l' « humble vérité[2] ».

Seuls les faits le fouettent . ses sujets et ses personnages, c'est dans la réalité qu'il les trouve. Il ne sépare pas l'art de la vie; il considère l'expérience directe comme la condition la meilleure de la création artistique. Il emprunte ses sujets à l'existence quotidienne, il s'inspire d'une anecdote, d'un incident, d'un fait divers dont il est le témoin, que ses amis, sa mère lui rapportent et qu'il replace dans un cadre ou dans un paysage familiers : la Normandie de son enfance, les bords de la Seine de sa jeunesse, la société parisienne et, plus tard, la Côte d'Azur, les pays du soleil.

Louant les qualités descriptives de Maupassant, Brunetière écrit : « Ce n'est pas ce qu'il voit qu'il voit bien, mais plutôt ce dont il est imprégné. » En effet, Maupassant ne fait pas usage de la fiche naturaliste chère à Zola, il ne s'astreint pas au dépouillement livresque de documentation que s'imposait Flaubert. Ce qu'il décrit, ce qu'il suggère, ce qu'il dépeint le mieux ce sont des personnages, — paysans, chasseurs, petits bourgeois, journalistes, gens du monde — qu'il a connus par une fréquentation quotidienne.

A propos de *Boule-de-Suif* et de l'ensemble de son œuvre en général, on a parfois fait grief à Maupassant de n'avoir pas placé d'ouvriers dans la galerie de portraits qu'il offre de la société de son temps. Ce n'est certes pas par mépris, puisque, dès 1875, dans une lettre à sa mère, il envisage de consacrer une série de contes aux « grandes misères des petites gens », mais c'est qu'il ne connaît pas la classe ouvrière; il n'a jamais vécu proche du milieu ouvrier

1. Le docteur Axel Munthe raconte, dans *le Livre de San Michele*, qu'il assista avec Maupassant aux cours de Charcot; et Freud quitta Vienne vers la même époque pour suivre l'enseignement du célèbre médecin français; 2. Maupassant avait placé cette formule en épigraphe de son roman *Une vie* lorsqu'il le publia dans le *Gil Blas* en 1883.

comme il a été mêlé, au cours de son enfance, de son adolescence, de sa vie de chasseur, aux paysans, aux pêcheurs. aux fermiers et hobereaux normands.

Ce souci de réalisme profond incite Maupassant à ne dépeindre que les lieux ou les êtres auxquels sa vie s'est trouvée longuement associée; ainsi, malgré sa préoccupation constante et souvent professée de ne jamais mêler sa vie privée à sa vie d'écrivain, malgré ce désir d'impersonnalité qui le rend « si attentif à cacher ce qu'il y a d'exquis dans son âme » (A. France), Éd. Maynial est amené à dire qu' « étudier la vie de Maupassant, c'est aussi étudier son œuvre ». Essayons de retourner cette proposition et de montrer que l'étude de l'œuvre permet de retrouver la vie de l'écrivain non pas sous sa forme anecdotique, mais dans ce qu'elle a de plus significatif.

Les principaux thèmes. — « Il est plus varié dans ses types, plus riche dans ses sujets qu'aucun autre conteur de ce temps », a dit A. France. En effet, si Maupassant ne possède pas l'imagination et le souffle prestigieux d'un Balzac, il est un observateur d'une lucidité pénétrante, doué du génie de l' « ordinaire », qui sait varier le ton de ses courts récits de la farce au drame, de l'ironie à la pitié, de la santé physique à la perversion, de la sensualité à la pudeur, du rire à l'angoisse. Il a créé un type de personnages et un climat de récits qui font qu'on dit couramment : c'est un personnage, c'est une histoire à la Maupassant, comme on qualifie de balzaciens tel individu ou telle intrigue. Mallarmé, dans un article de 1893, loue « le prosateur de *Boule-de-Suif*, *Toine*, *Miss Harriet* ou *la Maison Tellier*, pour citer entre tant quelques épanouis chefs-d'œuvre » d' « une effervescence de sujets propres à empaumer le lecteur en même temps que conforme tout à son instinct[1] ».

Il importe de noter que, dans cette effervescence, le choix de ce recueil s'est étroitement limité à quelques sujets qui n'offensent point la bienséance, à quelques types de personnages caractéristiques de la manière du conteur, à quelques paysages particulièrement aimés.

I. LA NORMANDIE DE MAUPASSANT. — a) *Les paysans et les pêcheurs de Maupassant.* « Ouvrir une nouvelle de Maupassant, c'est prendre un billet pour Lisieux ou pour Gisors[2] » Aussi est-il malaisé de choisir parmi les nombreux contes que le terroir normand a inspirés à Maupassant. Des quatre contes retenus dans ce recueil, *la Ficelle* et *le Petit Fût* sont deux récits comiques par l'anecdote, la présentation et la forme, mais qui sont en fait des tragédies, puisqu'ils se terminent par une mort. *Le Retour* et *Boitelle* sont deux drames sentimentaux, mais traités avec une

1. Article publié dans le *Mercure de France* de sept.-déc. 1893; 2. Paul Morand, *Vie de Guy de Maupassant*, Flammarion (1942).

délicatesse de touche qui élimine le dénouement tragique; l'art émouvant et discret du conteur suggère plus qu'il n'exprime derrière la rusticité du vocabulaire et les silences pleins de pudeur des gens simples qui en sont les héros.

Ces contes donnent une image du paysan normand qui n'est pas aussi sévère qu'on s'est plu parfois à le dire[1]. Certes, le paysan de Maupassant, dont la vie laborieuse est dure et qui sait la valeur d'un sou, est un animal avaricieux, insensible aux souffrances d'autrui et prêt à en rire, impitoyable envers les faibles, ivrogne, retors, et qui va parfois jusqu'au crime pour satisfaire son âpreté au gain, comme Maître Chicot. Mais le tendre Boitelle, qu'un désespoir d'amour a bouleversé au point qu'il n'a « plus cœur à rien », mais Martin et Levesque, dans la situation dramatique du *Retour*, sont des êtres hautement civilisés, en dépit de leur syntaxe fruste.

b) *Le chasseur et le paysagiste*. A côté des contes proprement paysans et inspirés également par le terroir normand figurent nombre de récits où Maupassant se met lui-même en scène, le plus souvent dans des histoires de chasse où il exprime l'amour profond qu'il porte à la terre cauchoise. *La Roche aux guillemots*, récit d'un humour macabre, est prétexte à la description de mœurs curieuses d'oiseaux migrateurs et à l'évocation de la petite plage d'Étretat si chère à son cœur. L'extrait tiré des *Bécasses* montre, en un raccourci lyrique, tout l'orgueil de la vieille race des conquérants à laquelle l'auteur tire fierté d'appartenir. *Amour* livre presque au début une des rares confessions directes que Maupassant nous ait faites sur ses goûts, sur la violence de ses instincts primitifs, proches d'une nature toute païenne et dont il donne une description saisissante.

Les tableaux de paysages normands, que l'auteur dessine en quelques traits sobres, pour situer le récit, ont un pouvoir d'évocation intense : nous voyons la chaumière du *Retour* « empanachée d'iris bleus » — les falaises, les valleuses, les cours de fermes plantées de pommiers, l'affût à l'aube dans les marais glacés. « Il est un de nos meilleurs peintres d'extérieurs[2] », tout en ne laissant jamais le lyrisme descriptif s'égarer hors de la ligne du récit.

II. LA GUERRE DE 1870. — Maupassant avait vingt ans lors de la déclaration de guerre; il a donc rejoint les armées, et l'impression que les scènes de tuerie, de désordre et d'horreur inutiles, dont il a été le témoin, ont fait sur sa sensibilité est demeurée indélébile. Dans *Sur l'eau*, nous trouvons contre la guerre un véritable réquisitoire, d'une violence rarement égalée. C'est la guerre de 1870 qui inspire en 1880 au conteur *Boule-de-Suif* son premier chef-d'œuvre, et l'une des deux dernières œuvres romanesques inachevées

1. Ce reproche, en particulier, lui fut adressé par Taine, dans une lettre célèbre du 2 mars 1882; 2. Paul Morand, *op. cit.*

(commencée en 1890), *l'Angélus*, s'ouvre par le récit d'un drame causé par la guerre.

Deux Amis se situe pendant le siège de Paris ; l'exécution par les Allemands de deux paisibles pêcheurs à la ligne, leur héroïsme sans phrases, sont narrés avec une sobriété de moyens qui bouleverse.

III. SCÈNES DE LA VIE DE LA PETITE BOURGEOISIE FRANÇAISE. — Lorsqu'il est démobilisé, le jeune homme, qui se trouve sans fortune, est dans l'obligation de gagner sa vie. Il entre au ministère de la Marine d'abord, puis, grâce à l'intervention agissante de Flaubert, au ministère de l'Instruction publique. De ce passage dans la vie des bureaux, Maupassant a recueilli une moisson d'observations cruelles et comiques dans une série de nouvelles et de contes qui, avant Courteline, stigmatisent « Messieurs les ronds-de-cuir ». Les plus cruels, *l'Héritage*, *En famille*, mêlent le cocasse au scabreux et sont des modèles du genre.

Le Parapluie est une charge comique de la mesquinerie et de l'avarice sordide d'une petite bourgeoise, Mme Oreille, épouse d'un petit fonctionnaire qu'elle tyrannise.

IV. LES BORDS DE LA SEINE. — C'est au cours de cette même période, entre vingt et trente ans, alors qu'il passait la majeure partie de ses journées enfermé dans les bureaux ministériels, que Maupassant s'évade dès qu'il en a le loisir vers les bords charmants de la Seine, où il se livre avec fureur à des exploits sportifs de canotier dont il est fier. Les tableaux de Renoir, de Manet, de Monet recréent pour nous l'atmosphère chatoyante et lumineuse des étés au bord de l'eau, où la gaieté débridée et un peu crapuleuse des restaurants et des guinguettes comme la Grenouillère, se mêle aux joies du plein air. Nous trouvons dans la longue nouvelle d'*Yvette* une description de la fameuse Grenouillère ; le début de *Mouche* est une sorte d'hymne à la Seine et dans ce petit conte, écrit en 1890, Maupassant fait revivre les gaietés de sa jeunesse insouciante.

L'Âne a pour cadre ces mêmes bords de la « belle, calme, variée et puante rivière » ; la friponnerie de deux « ravageurs » vagabonds s'y donne libre cours, ainsi que leur stupide cruauté à l'égard d'un pauvre âne qu'ils supplicient.

V. LA PEUR. LES HALLUCINATIONS. — Sous l'influence des romantiques allemands et anglais, puis à la suite d'Hoffmann (vers 1830) et d'Edgar Poe (vers 1850), le conte fantastique[1], où s'épanouit le culte du surnaturel, de l'horrible ou du cruel, est un genre florissant dans la littérature française du XIXe siècle.

---

1. Consulter à ce sujet la thèse de P.-G. Castex : *le Conte fantastique en France de Nodier à Maupassant*, José Corti, 1951.

Déjà, lorsque tout jeune homme, à Étretat, l'ambition littéraire n'était pour lui qu'un projet, un des premiers contacts de Maupassant avec les gens de lettres se place sous le signe du fantastique et du macabre. Il est alors le témoin d'un accident au cours duquel l'écrivain Swinburne manque de se noyer; il se porte, avec d'autres, au secours de l'Anglais en péril. Des relations amicales s'établissent et Swinburne fait cadeau au jeune Guy d'une main d'écorché; ce débris humain, peut-être aussi une réminiscence de Nerval, inspire au jeune conteur un de ses tout premiers contes, *la Main d'écorché*, publié dès 1875 dans *l'Almanach de Pont-à-Mousson* sous le pseudonyme de Joseph Prunier[1]. Ce thème littéraire éveille donc de profondes résonances dans la sensibilité d'un écrivain qui, souffrant dès sa vingtième année de migraines nerveuses, fait un usage immodéré de l'éther et qui, dès 1884, ainsi que nous le rapporte son ami Paul Bourget[2], est sujet à des hallucinations visuelles.

Dans la biographie qu'Édouard Maynial a consacrée à Guy de Maupassant, de longues pages analysent le sentiment de la peur et la progression des troubles nerveux que les excès de tous genres et l'énorme labeur cérébral entretiennent chez l'écrivain : « Tous les frissons de l'épouvante, il les a ressentis un à un, il les a goûtés, il en est arrivé à se les donner à lui-même volontairement par le simple travail de son imagination et il les analyse minutieusement[3]. »

« L'amour et le culte de la peur sont, ajoute encore Éd. Maynial, un des indices les plus curieux de la névrose qui le rongeait lentement. Il a, pour tout ce qui affole les nerfs, pour tout ce qui hérisse la chair inquiète, détraque le cerveau et fait battre plus vite le cœur, une sorte de goût malsain très apparent dans son œuvre. La description minutieuse et implacable de toutes les phases de la terreur, les souvenirs et les impressions personnelles d'une épouvante irrésistible, les cas les plus étranges et les plus inexplicables, la débâcle effroyable qui emporte la volonté et la raison, toutes les variétés et les effets de la peur lui ont inspiré des pages saisissantes : *Sur l'eau, la Peur, Lui? le Horla, l'Auberge, Apparition, la Nuit, le Tic, Qui sait?, Fou*, etc. »

Ces analyses de la peur panique, élémentaire, sous la forme dramatique et mythique du récit, traduisent également les très réelles angoisses de Maupassant en face de l'inconnu, en face de tout ce qui échappe au rationnel et à la claire connaissance; mais les faits

---

1. *La Main d'écorché* : ce petit conte fut repris plus tard en une nouvelle version sous le titre de *la Main* et publié dans le recueil *Contes du jour et de la nuit* (1885). Il n'est pas sans intérêt de noter que Gérard de Nerval, dont le destin présente le même caractère tragique que celui de Maupassant, débute dans les lettres par la publication d'un conte fantastique, *la Main de gloire*, paru en 1832 dans le *Cabinet de lecture*, et réimprimé plus tard sous le titre *la Main enchantée* dans *Contes et facéties* (1852); **2.** Paul Bourget, *Sociologie et littérature*, Plon, 1906; **3.** Édouard Maynial *Vie et œuvre de Guy de Maupassant*, Mercure de France, 1906

ou les impressions qu'il recueille de ce domaine mystérieux, il les présente sous une forme et selon une méthode qui restent logiques et se veulent rationnelles, de la même façon qu'il entendait soumettre au contrôle de sa raison les malaises nerveux et les troubles hallucinatoires dont il souffrait; dans cette lutte émouvante, la raison fut vaincue à la date tragique du 1er janvier 1892 où, sentant venir la folie de façon irrémédiable cette fois, il tente d'y échapper par un suicide manqué.

Le Horla est un des chefs-d'œuvre du genre fantastique. On dit que Léon Hennique en avait donné le sujet, mais ce sujet répondait trop bien à certaines préoccupations de Maupassant pour que le conteur n'en fît pas son bien propre : exploration de l'inconnu qui se trouve au-delà des perceptions de nos sens et de notre intelligence humaine, mystère de l'évolution des êtres qui peut-être ne s'arrêtera pas à l'homme.

La première version du conte, que certains critiques ont parfois préférée, est la plus courte; sous forme de récit, elle décrit l'expérience vécue d'un malade en état permanent de délire obsessionnel. Le conte, ainsi que l'écrit P.-G. Castex « préfigure en quelque sorte une aggravation redoutable du mal chez celui qui l'a écrit, l'esprit encore sain et préoccupé avant tout de l'effet pathétique, mais le cœur battant sans doute et tourmenté de sombres pressentiments[1] ».

La deuxième version, celle qui fut imprimée dans le volume publié en mai 1887 chez Ollendorff et qui est reproduite ici, rend plus troublante encore cette préfiguration du destin de l'auteur, puisque Maupassant intègre à la trame du récit, présenté sous forme de journal intime, nombre de thèmes qui lui sont chers. Le héros du *Horla* exprime dès le début du conte l'amour qui le lie par des « racines profondes et délicates » à sa terre natale; la description qu'il donne du paysage sur la Seine est celui que l'on découvrait de la maison de Flaubert à Croisset et qui, par son calme heureux, rappelle les beaux jours d'autrefois. Lorsque le héros tente d'échapper à l'obsession par un voyage, il va au Mont-Saint-Michel comme Maupassant en 1882, puis à Paris, il évoque les canotiers de la Grenouillère — il déplore, comme Maupassant, notre corps « si faible, si maladroitement conçu, encombré d'organes toujours fatigués », il se livre à une expérience d'hypnotisme et cite le docteur Charcot; il exprime à propos des fêtes du 14-Juillet l'horreur pour la foule que ressentait l'auteur[2]. Et l'une des dernières remarques est bouleversante : « La destruction prématurée ? toute l'épouvante humaine vient de là. »

---

1. P.-G. Castex, *Anthologie du conte fantastique français*, José Corti, 1947. On y trouve la première version du *Horla* publiée dans le *Gil Blas* du 26 octobre 1886; 2. « Je ne puis entrer dans un théâtre, ni assister à une fête publique. J'y éprouve aussitôt un malaise bizarre... » (Maupassant, *Sur l'eau*.)

Le classicisme de Maupassant. Le style et l'art du récit. —
« Classique » est le mot qui revient le plus souvent sous la plume
des critiques lorsqu'il s'agit de caractériser l'œuvre de Maupassant.
Jules Lemaître écrit, dès 1885 : « Classique par le naturel de sa
prose, par le bon aloi de son vocabulaire et par la simplicité du
rythme, Monsieur de Maupassant l'est encore par la qualité de son
comique »; et plus tard, dans *les Contemporains :* « Maupassant
offrait le singulier phénomène d'une sorte de classique primitif
survenu à une époque de littérature vieillissante, décrépite et
tourmentée. »

René Doumic, en 1894, s'exprime en ces termes : « Il (Maupassant) a donné de la vie une traduction, et de l'art une expression
qui, en dépit de différences profondes venues de la différence
des temps, s'en vont rejoindre le réalisme des maîtres classiques. »

Plus près de nous, Romain Roussel[1] écrit : « Des classiques,
Maupassant tient son sens de la mesure, son équilibre, sa phobie
du détail inutile et son goût pour le détail caractéristique, son
amour pour la vérité et pour la perfection de la forme. » Roger
Vercel[1] ajoute : « Le temps ne mord pas sur un style dépouillé
d'avance comme l'est le sien. »

En effet, le style de Maupassant demande qu'on s'y arrête :
parmi ses contemporains, il est aussi éloigné des raffinements pré-
cieux de l'école décadente, du style « artiste » des Goncourt, que
des « sensibleries » de Daudet ou des négligences de Zola. Son souci
du style le ramène à la pureté et à la clarté d'une langue mesurée
et limpide qui reste en deçà de l'effet à produire, n'appuie pas dans
les situations les plus scabreuses, permet d'évoquer les sujets qui
semblent les plus interdits, parce qu'elle suggère plus qu'elle ne
dit. Quand il fait parler ses paysans normands, il a soin de retenir
de la langue paysanne tout ce qu'elle peut apporter de couleur
locale sans sacrifier au jargon qui rendrait le texte inintelligible
au lecteur non initié.

Toutes ces qualités de Maupassant produisent leur meilleur
effet dans le raccourci du conte : il aborde le sujet de front et le
traite dans la plus stricte économie des mots. Comme dans la
tragédie classique, son récit commence au moment où la crise se
noue.

Autre trait classique : le souci qu'il apporte à la connaissance de
son métier et son désir de « vraisemblance »; il entend corriger la
vérité au nom de la vraisemblance et revendique pour l'artiste le
pouvoir du choix : c'est en quoi il se sépare de Zola et se rapproche
des règles exposées par Racine dans la préface de *Bérénice.* Maupassant s'est expliqué sur son art dans un texte qui sert communé-
ment de préface au roman *Pierre et Jean* et qui a pour titre « Étude
sur le roman »; il cite le vers de Boileau : « Le vrai peut quelquefois

---

1. Cité par Artine Artinian, *Maupassant, Criticism in France* (1880-1940),
King's Crown Press, New York, 1941.

n'être pas vraisemblable », et ajoute : « Le réaliste, s'il est un artiste, cherchera non pas à nous montrer la photographie banale de la vie, mais à nous en donner la vision complète, plus saisissante, plus probante que la réalité même. [...] Raconter tout serait impossible. Un choix s'impose donc. [...] La vie encore laisse tout au même plan, précipite les faits ou les traîne indéfiniment. L'art, au contraire, consiste à user de précautions et de préparations, à ménager des transitions savantes et dissimulées, à mettre en pleine lumière, par la seule adresse de la composition, les événements essentiels et à donner à tous les autres le relief qui leur convient, suivant leur importance, pour produire la sensation profonde de la vérité spéciale qu'on veut montrer. »

Il cite encore le vers de Boileau sur Malherbe : « D'un mot mis à sa place enseigna le pouvoir » et voici les conseils qu'il donne à l'écrivain : « Ayons moins de noms, de verbes et d'adjectifs aux sens presque insaisissables, mais plus de phrases différentes, diversement construites, ingénieusement coupées, pleines de sonorités et de rythmes savants. »

Il termine par cette belle phrase sur la langue : « La langue française d'ailleurs est une eau pure que les écrivains maniérés n'ont jamais pu et ne pourront jamais troubler. Chaque siècle a jeté dans ce courant limpide ses modes, ses archaïsmes prétentieux et ses préciosités, sans que rien surnage de ces tentatives inutiles, de ces efforts impuissants. La nature de cette langue est d'être claire, logique et nerveuse, elle ne se laisse pas affaiblir, obscurcir ou corrompre. »

Classique, Maupassant l'est encore par l'impersonnalité de ses sujets et de son art : d'habiles transpositions, la combinaison d'éléments empruntés de côté et d'autre, l'exagération nécessaire pour produire l'effet enlèvent presque toujours le caractère de confession à ce qu'il y a de vécu et de personnel dans l'œuvre.

Faculté de concentration, art de synthèse, aptitude à sacrifier le particulier à l'essentiel, ces qualités lui ont donné le pouvoir de créer des types littéraires. Art de la composition, présentation dramatique de l'intrigue, souci de la vraisemblance, propriété et sobriété du vocabulaire, présentation logique et claire des phénomènes qui, même lorsqu'ils touchent aux thèmes les plus mystérieux ou inquiétants dans le fantastique et le surnaturel, sont soumis à la lumière de la raison : voilà qui explique pourquoi Maupassant a été loué, admiré, imité, mais aussi pourquoi il a été décrié par ceux de nos contemporains qui s'éloignent des impératifs classiques en littérature et aiment dans une œuvre les contours imprécis qui laissent place au rêve.

Influence de Maupassant. — Il serait exagéré de dire que tous les contes écrits par Maupassant sont d'égale valeur. Certains ont été rédigés sous la pression d'obligations journalistiques qui requièrent de l'écrivain une production régulière à date fixe. Les recueils posthumes publiés par Ollendorff : *le Père Milon*, *le Colporteur* et *Misti*, groupant des contes que Maupassant n'avait pas jugé devoir réunir en volume, ont peu ajouté à sa gloire.

A l'étranger, Strindberg, Arnold Bennett, Kipling (le Maupassant anglo-indien), Conrad, O. Henry (le Maupassant de Broadway), Somerset Maugham, Saroyan, d'Annunzio, Pirandello dans ses contes paysans, pour ne citer que quelques-uns, se réclament de Maupassant; mais en France, après 1890, il est arrivé à Maupassant ce qui est arrivé à Hoffmann après 1830 : ses malencontreux imitateurs sont légion et ont discrédité un genre littéraire que Maupassant, dans ses meilleurs contes, avait porté à un point de perfection. On préférera la manière de Tchékov ou plus tard celle de K. Mansfield.

Léon Lemonnier retrace cependant l'influence de Maupassant dans l'école populiste.

P. Martino[1] peut écrire en 1945 : « Aujourd'hui, il semble que Maupassant devienne un classique et au sens le plus exact du mot . un auteur qui pénètre dans les classes parce qu'il peut être une excellente nourriture pour les intelligences. En Amérique, en Allemagne, des choix de ses contes sont dans la liste des œuvres scolaires, en France, il a été inscrit sur des programmes d'examen, on l'a vu comme sujet de thèse. Déjà, comme à Balzac et à Flaubert, on lui a fait l'hommage d'une édition complète, documentée et définitive. »

1. Pierre Martino, *le Naturalisme français*, A. Colin, 1945.

BIBLIOGRAPHIE SOMMAIRE

I. Principales éditions de l'œuvre de Maupassant.

Édition Ollendorff, 29 volumes (1899-1904), complétée, en 1912, par un 30e volume, *Misti ;* reprise par les éditions Albin Michel (in-16).

Édition Conard, 29 volumes (1907-1910, in-8).

Édition de la Librairie de France, 15 volumes (1934-1938, in-8).

Il faut y ajouter : Correspondance inédite, publiée par Artine Artinian et Édouard Maynial (Paris, Wapler, 1951).

II. Ouvrages biographiques et critiques sur Maupassant.

Édouard Maynial, *la Vie et l'œuvre de Guy de Maupassant* (Paris, Mercure de France, 1906).

Paul Morand, *Vie de Guy de Maupassant* (Paris, Flammarion, 1942.)

Jean Maurienne, *Maupassant est-il mort fou?* (Paris, Gründ, 1947).

René Dumesnil, *Guy de Maupassant* (Paris, Tallandier, 1947).

Pierre Castex, *le Conte fantastique en France de Nodier à Maupassant* (Paris, Corti, 1951).

André Vial, *Guy de Maupassant et l'art du roman* (Paris, Nizet, 1954).

Gérard Delaisement, *Maupassant, journaliste et chroniqueur* (Paris, Albin Michel, 1956).

CONTES CHOISIS

LA FICELLE[1]

Sur toutes les routes autour de Goderville[2], les paysans et leurs femmes s'en venaient vers le bourg; car c'était jour de marché. Les mâles allaient, à pas tranquilles, tout le corps en avant à chaque mouvement de leurs longues jambes torses, déformées par les rudes travaux, par la pesée sur la charrue qui fait en même temps monter l'épaule gauche et dévier la taille, par le fauchage des blés qui fait écarter les genoux pour prendre un aplomb solide, par toutes les besognes lentes et pénibles de la campagne. Leur blouse bleue, empesée, brillante, comme vernie, ornée au col et aux poignets d'un petit dessin de fil blanc, gonflée autour de leur torse osseux, semblait un ballon prêt à s'envoler, d'où sortaient une tête, deux bras et deux pieds.

Les uns tiraient au bout d'une corde une vache, un veau. Et leurs femmes, derrière l'animal, lui fouettaient les reins d'une branche encore garnie de feuilles, pour hâter sa marche. Elles portaient au bras de larges paniers d'où sortaient des têtes de poulets par-ci, des têtes de canards par-là. Et elles marchaient d'un pas plus court et plus vif que leurs hommes, la taille sèche, droite et drapée dans un petit châle étriqué, épinglé sur leur poitrine plate, la tête enveloppée d'un linge blanc collé sur les cheveux et surmontée d'un bonnet.

Puis, un char à bancs[3] passait, au trot saccadé d'un bidet[4], secouant étrangement deux hommes assis côte à côte et une femme dans le fond du véhicule, dont elle tenait le bord pour atténuer les durs cahots.

Sur la place de Goderville, c'était une foule, une cohue d'humains et de bêtes mélangés. Les cornes des bœufs,

---

1. Publiée dans *le Gaulois* du 25 novembre 1883, puis dans le recueil *Miss Harriet*, en 1884; **2.** *Goderville* : chef-lieu de canton de la Seine-Maritime, arrondissement du Havre; **3.** *Char à bancs* : voiture longue et légère à quatre roues, garnie de bancs et ouverte de tous côtés ou fermée simplement de rideaux; **4.** *Bidet* : petit cheval de selle, trapu et vigoureux.

les hauts chapeaux à longs poils[1] des paysans riches et les coiffes des paysannes émergeaient à la surface de l'assemblée[2]. Et les voix criardes, aiguës, glapissantes, formaient une clameur continue et sauvage que dominait parfois un grand éclat poussé par la robuste poitrine d'un campagnard en gaieté, ou le long meuglement d'une vache attachée au mur d'une maison.

Tout cela sentait l'étable, le lait et le fumier, le foin et la sueur, dégageait cette saveur aigre, affreuse, humaine et bestiale, particulière aux gens des champs.

Maître[3] Hauchecorne, de Bréauté[4], venait d'arriver à Goderville, et il se dirigeait vers la place, quand il aperçut par terre un petit bout de ficelle. Maître Hauchecorne, économe en vrai Normand, pensa que tout était bon à ramasser qui peut servir; et il se baissa péniblement, car il souffrait de rhumatismes. Il prit, par terre, le morceau de corde mince, et il se disposait à le rouler avec soin, quand il remarqua, sur le seuil de sa porte, maître Malandain, le bourrelier, qui le regardait. Ils avaient eu des affaires ensemble au sujet d'un licol, autrefois, et ils étaient restés fâchés, étant rancuniers tous deux. Maître Hauchecorne fut pris d'une sorte de honte d'être vu ainsi, par son ennemi, cherchant dans la crotte un bout de ficelle. Il cacha brusquement sa trouvaille sous sa blouse, puis dans la poche de sa culotte; puis il fit semblant de chercher encore par terre quelque chose qu'il ne trouvait point; et il s'en alla vers le marché, la tête en avant, courbé en deux par ses douleurs.

Il se perdit aussitôt dans la foule criarde et lente, agitée par les interminables marchandages. Les paysans tâtaient les vaches, s'en allaient, revenaient, perplexes, toujours dans la crainte d'être mis dedans, n'osant jamais se décider, épiant l'œil du vendeur, cherchant sans fin à découvrir la ruse de l'homme et le défaut de la bête.

Les femmes, ayant posé à leurs pieds leurs grands paniers,

---

1. Ce sont les chapeaux hauts de forme de l'époque, signe distinctif de la classe aisée; **2.** *Assemblée.* Dans tout l'ouest de la France, ce mot désigne la fête du village et aussi la foire où l'on engageait les domestiques pour l'année; **3.** *Maître.* En Normandie tous les propriétaires sont appelés « maîtres ». Le terme de « maître » qui, au Moyen Âge s'appliquait à des artisans (corporations, jurandes et maîtrises), est devenu ici le terme banal pour désigner tous ceux qui possèdent du bien; **4.** *Bréauté :* localité de l'arrondissement du Havre.

en avaient tiré leurs volailles qui gisaient par terre, liées par les pattes, l'œil effaré, la crête écarlate.

Elles écoutaient les propositions, maintenaient leurs prix, l'air sec, le visage impassible, ou bien tout à coup, se décidant au rabais proposé, criaient au client qui s'éloignait lentement :

« C'est dit, maît' Anthime. J' vous l' donne. »

Puis, peu à peu, la place se dépeupla, et l'angélus sonnant midi, ceux qui demeuraient trop loin se répandirent dans les auberges.

Chez Jourdain, la grande salle était pleine de mangeurs, comme la vaste cour était pleine de véhicules de toute race, charrettes[1], cabriolets[2], chars à bancs[3], tilburys[4], carrioles[5] innommables, jaunes de crotte, déformées, rapiécées, levant au ciel, comme deux bras, leurs brancards, ou bien le nez par terre, et le derrière en l'air.

Tout contre les dîneurs attablés, l'immense cheminée, pleine de flamme claire, jetait une chaleur vive dans le dos de la rangée de droite. Trois broches tournaient, chargées de poulets, de pigeons et de gigots ; et une délectable odeur de viande rôtie et de jus ruisselant sur la peau rissolée, s'envolait de l'âtre, allumait les gaietés, mouillait les bouches.

Toute l'aristocratie de la charrue mangeait là, chez maît' Jourdain, aubergiste et maquignon, un malin qui avait des écus.

Les plats passaient, se vidaient comme les brocs de cidre jaune. Chacun racontait ses affaires, ses achats et ses ventes. On prenait des nouvelles des récoltes. Le temps était bon pour les verts[6], mais un peu mucre[7] pour les blés.

Tout à coup, le tambour roula, dans la cour, devant la maison. Tout le monde aussitôt fut debout, sauf quelques indifférents, et on courut à la porte, aux fenêtres, la bouche encore pleine et la serviette à la main.

Après qu'il eut terminé son roulement, le crieur public

1. *Charrette* : voiture de transport, à deux roues et à deux limons, garnie de ridelles ; le terme et la chose sont vulgaires ; 2. *Cabriolet* : voiture légère, à un cheval, ouverte par-devant et munie d'une capote de cuir qui se replie, c'est une voiture plus élégante ; 3. *Char à bancs*. Cf. page 23, note 3 ; 4. *Tilbury* (mot d'origine anglaise) : sorte de cabriolet léger sans capote ; 5. *Carriole* : petite voiture légère, grossièrement suspendue, dont on se sert à la campagne ; 6. *Les verts* : prairies naturelles ou artificielles, luzernes, sainfoins, trèfles, etc. ; nous sommes en Normandie, pays d'élevage ; 7. *Mucre* : mot normand, dont le sens « mouillé, humide » est rendu très évident par le contexte

lança d'une voix saccadée, scandant ses phrases à contre-temps :

« Il est fait assavoir[1] aux habitants de Goderville, et en général à toutes — les personnes présentes au marché, qu'il a été perdu ce matin, sur la route de Beuzeville[2], entre — neuf heures et dix heures, un portefeuille en cuir noir, contenant cinq cents francs et des papiers d'affaires. On est prié de le rapporter — à la mairie, incontinent, ou chez maître Fortuné Houlbrèque, de Manneville[3]. Il y aura vingt francs de récompense. »

Puis l'homme s'en alla. On entendit encore une fois au loin des battements sourds de l'instrument et la voix affaiblie du crieur.

Alors on se mit à parler de cet événement, en énumérant les chances qu'avait maître Houlbrèque de retrouver ou de ne pas retrouver son portefeuille.

Et le repas s'acheva.

On finissait le café, quand le brigadier de gendarmerie parut sur le seuil.

Il demanda :

« Maître Hauchecorne, de Bréauté, est-il ici ? »

Maître Hauchecorne, assis à l'autre bout de la table, répondit :

« Me v'là. »

Et le brigadier reprit :

« Maître Hauchecorne, voulez-vous avoir la complaisance de m'accompagner à la mairie. M. le maire voudrait vous parler. »

Le paysan, surpris, inquiet, avala d'un coup son petit verre, se leva et, plus courbé encore que le matin, car les premiers pas après chaque repos étaient particulièrement difficiles, il se mit en route en répétant :

« Me v'là, me v'là. »

Et il suivit le brigadier.

Le maire l'attendait, assis dans un fauteuil. C'était le notaire de l'endroit, homme gros, grave, à phrases pompeuses.

---

1. *Il est fait assavoir* : formule administrative très ancienne qui remonte au Moyen Âge. Elle a été conservée par les secrétaires de mairie ; 2. *Beuzeville*. Il s'agit ici de Beuzeville-la-Grenier, arrondissement du Havre. Il existe, en Normandie, six Beuzeville et un Beuzevillette ; 3. *Manneville*, également dans l'arrondissement du Havre. Il existe, en Normandie, cinq Manneville et un Mannevillette.

« Maître Hauchecorne, dit-il, on vous a vu ce matin ramasser, sur la route de Beuzeville, le portefeuille perdu par maître Houlbrèque, de Manneville. »

Le campagnard, interdit, regardait le maire, apeuré déjà par ce soupçon qui pesait sur lui, sans qu'il comprît pourquoi.

« Mé, mé, j'ai ramassé çu portafeuille ?

— Oui, vous-même.

— Parole d'honneur, je n'en ai seulement point eu connaissance.

— On vous a vu.

— On m'a vu, mé ? Qui ça qui m'a vu ?

— M. Malandain, le bourrelier. »

Alors le vieux se rappela, comprit et, rougissant de colère :

« Ah! i m'a vu, çu manant[1] ! I m'a vu ramasser c'te ficelle-là, tenez, m'sieu le maire. »

Et, fouillant au fond de sa poche, il en retira le petit bout de corde.

Mais le maire, incrédule, remuait la tête.

« Vous ne me ferez pas accroire, maître Hauchecorne, que M. Malandain, qui est un homme digne de foi, a pris ce fil pour un portefeuille. »

Le paysan, furieux, leva la main, cracha de côté pour attester son honneur, répétant :

« C'est pourtant la vérité du bon Dieu, la sainte vérité, m'sieu le maire. Là, sur mon âme et mon salut, je l' répète. »

Le maire reprit :

« Après avoir ramassé l'objet, vous avez même encore cherché longtemps dans la boue, si quelque pièce de monnaie ne s'en était pas échappée. »

Le bonhomme suffoquait d'indignation et de peur.

« Si on peut dire!... si on peut dire... des menteries comme ça pour dénaturer un honnête homme[2]! Si on peut dire!... »

Il eut beau protester, on ne le crut pas.

Il fut confronté avec M. Malandain, qui répéta et soutint son affirmation. Ils s'injurièrent une heure durant. On

---

1. *Manant*. Le mot, en droit féodal, signifiait « vilain, roturier », par extension, il désigne un homme grossier, mal élevé ; il est employé ici comme injure vague ; 2. C'est-à-dire : fausser la pensée d'un honnête homme. C'est un bel exemple de terme savant employé par un homme simple avec une déviation de sens inattendue, qui amène un effet comique.

fouilla, sur sa demande, maître Hauchecorne. On ne trouva rien sur lui.

Enfin, le maire, fort perplexe, le renvoya, en le prévenant qu'il allait aviser le parquet et demander des ordres.

La nouvelle s'était répandue. A sa sortie de la mairie, le vieux fut entouré, interrogé avec une curiosité sérieuse ou goguenarde, mais où n'entrait aucune indignation. Et il se mit à raconter l'histoire de la ficelle. On ne le crut pas. On riait.

Il allait, arrêté par tous, arrêtant ses connaissances, recommençant sans fin son récit et ses protestations, montrant ses poches retournées, pour prouver qu'il n'avait rien.

On lui disait :

« Vieux malin, va! »

Et il se fâchait, s'exaspérant, enfiévré, désolé de n'être pas cru, ne sachant que faire, et contant toujours son histoire.

La nuit vint. Il fallait partir. Il se mit en route avec trois voisins à qui il montra la place où il avait ramassé le bout de corde; et tout le long du chemin il parla de son aventure.

Le soir, il fit une tournée dans le village de Bréauté, afin de la dire à tout le monde. Il ne rencontra que des incrédules.

Il en fut malade toute la nuit.

Le lendemain, vers une heure de l'après-midi, Marius Paumelle, valet de ferme de maître Breton, cultivateur à Ymauville[1], rendait le portefeuille et son contenu à maître Houlbrèque, de Manneville.

Cet homme prétendait avoir, en effet, trouvé l'objet sur la route; mais, ne sachant pas lire, il l'avait rapporté à la maison et donné à son patron.

La nouvelle se répandit aux environs. Maître Hauchecorne en fut informé. Il se mit aussitôt en tournée et commença à narrer son histoire complétée du dénouement. Il triomphait.

« C' qui m' faisait deuil[2], disait-il, c'est point tant la chose, comprenez-vous; mais c'est la menterie. Y a rien

---

1. *Ymauville* : localité de l'arrondissement du Havre. C'est au château de Grainville-Ymauville que naquit Hervé de Maupassant, le frère cadet de Guy et c'est le château que Maupassant décrit dans *Une vie* ; 2. Les expressions *faire deuil, menteries, être en réprobation* appartiennent au français dialectal de la région normande.

qui vous nuit comme d'être en réprobation pour une menterie. »

Tout le jour il parlait de son aventure, il la contait sur les routes aux gens qui passaient, au cabaret aux gens qui buvaient, à la sortie de l'église le dimanche suivant. Il arrêtait des inconnus pour la leur dire. Maintenant, il était tranquille, et pourtant quelque chose le gênait sans qu'il sût au juste ce que c'était. On avait l'air de plaisanter en l'écoutant. On ne paraissait pas convaincu. Il lui semblait sentir des propos derrière son dos.

Le mardi de l'autre semaine, il se rendit au marché de Goderville, uniquement poussé par le besoin de conter son cas.

Malandain, debout sur sa porte, se mit à rire en le voyant passer. Pourquoi ?

Il aborda un fermier de Criquetot[1], qui ne le laissa pas achever et, lui jetant une tape dans le creux du ventre, lui cria par la figure : « Gros malin, va! » Puis lui tourna les talons.

Maître Hauchecorne demeura interdit et de plus en plus inquiet. Pourquoi l'avait-on appelé « gros malin » ?

Quand il fut assis à table, dans l'auberge de Jourdain, il se remit à expliquer l'affaire.

Un maquignon de Montivilliers[2] lui cria :

« Allons, allons, vieille pratique, je la connais, ta ficelle! »

Hauchecorne balbutia :

« Puisqu'on l'a retrouvé çu portafeuille! »

Mais l'autre reprit :

« Tais-té, mon pé, y en a un qui trouve, et y en a un qui r'porte. Ni vu ni connu, je t'embrouille. »

Le paysan resta suffoqué. Il comprenait enfin. On l'accusait d'avoir fait reporter le portefeuille par un compère, par un complice.

Il voulut protester. Toute la table se mit à rire.

Il ne put achever son dîner et s'en alla, au milieu des moqueries.

Il rentra chez lui, honteux et indigné, étranglé par la colère, par la confusion, d'autant plus atterré qu'il était capable, avec sa finauderie de Normand, de faire ce dont on l'accusait, et même de s'en vanter comme d'un bon

---

1. *Criquetot* : chef-lieu de canton de l'arrondissement du Havre; **2.** *Montivilliers* : chef-lieu de canton de l'arrondissement du Havre.

tour. Son innocence lui apparaissait confusément comme impossible à prouver, sa malice étant connue. Et il se sentait frappé au cœur par l'injustice du soupçon.

Alors il recommença à conter l'aventure, en allongeant chaque jour son récit, ajoutant chaque fois des raisons nouvelles, des protestations plus énergiques, des serments plus solennels qu'il imaginait, qu'il préparait dans ses heures de solitude, l'esprit uniquement occupé de l'histoire de la ficelle. On le croyait d'autant moins que sa défense était plus compliquée et son argumentation plus subtile.

« Ça, c'est des raisons d' menteux », disait-on derrière son dos.

Il le sentait, se rongeait les sangs, s'épuisait en efforts inutiles.

Il dépérissait à vue d'œil.

Les plaisants maintenant lui faisaient conter « la Ficelle » pour s'amuser, comme on fait conter sa bataille au soldat qui a fait campagne. Son esprit, atteint à fond, s'affaiblissait.

Vers la fin de décembre, il s'alita.

Il mourut dans les premiers jours de janvier, et, dans le délire de l'agonie, il attestait son innocence, répétant :

« Une 'tite ficelle... une 'tite ficelle... t'nez, la voilà, m'sieu le maire. »

LE PETIT FÛT[1]

Maître Chicot, l'aubergiste d'Épreville[2], arrêta son tilbury[3] devant la ferme de la mère Magloire. C'était un grand gaillard de quarante ans, rouge et ventru, et qui passait pour être malicieux.

Il attacha son cheval au poteau de la barrière, puis il pénétra dans la cour. Il possédait un bien attenant aux terres de la vieille, qu'il convoitait depuis longtemps. Vingt fois il avait essayé de les acheter, mais la mère Magloire s'y refusait avec obstination.

---

1. Publié dans *le Gaulois* le 7 avril 1884, puis dans le recueil *les Sœurs Rondoli* ; **2.** *Épreville* : bourg de la Seine-Maritime, arrondissement du Havre; **3.** *Tilbury*. Cf. page 25, note 4.

« J'y sieus née, j'y mourrai, » disait-elle.

Il la trouva épluchant des pommes de terre devant sa porte. Agée de soixante-douze ans, elle était sèche, ridée, courbée, mais infatigable comme une jeune fille. Chicot lui tapa dans le dos avec amitié, puis s'assit près d'elle sur un escabeau.

« Eh bien! la mère, et c'te santé, toujours bonne?

— Pas trop mal, et vous maît' Prosper?

— Eh! eh! quèques douleurs; sans ça, ce s'rait à satisfaction.

— Allons, tant mieux! »

Et elle ne dit plus rien. Chicot la regardait accomplir sa besogne. Ses doigts crochus, noués, durs comme des pattes de crabe, saisissaient à la façon de pinces les tubercules grisâtres dans une manne, et vivement elle les faisait tourner, enlevant de longues bandes de peau sous la lame d'un vieux couteau qu'elle tenait de l'autre main. Et, quand la pomme de terre était devenue toute jaune, elle la jetait dans un seau d'eau. Trois poules hardies s'en venaient l'une après l'autre jusque dans ses jupes ramasser les épluchures, puis se sauver à toutes pattes, portant au bec leur butin.

Chicot semblait gêné, hésitant, anxieux, avec quelque chose sur la langue qui ne voulait pas sortir. A la fin, il se décida :

« Dites donc, mère Magloire...

— Qué qu'i a pour votre service?

— C'te ferme, vous n' voulez toujours point m' la vendre?

— Pour ça, non. N'y comptez point. C'est dit, c'est dit, n'y r'venez pas.

— C'est qu' j'ai trouvé un arrangement qui f'rait notre affaire à tous les deux.

— Qué qu' c'est?

— Le v'la. Vous m' la vendez, et pi vous la gardez tout d' même. Vous n'y êtes point? Suivez ma raison[1]. »

La vieille cessa d'éplucher ses légumes et fixa sur l'aubergiste ses yeux vifs sous leurs paupières fripées.

Il reprit :

« Je m'explique. J' vous donne, chaque mois, cent cinquante francs. Vous entendez bien : chaque mois j' vous apporte ici, avec mon tilbury, trente écus de cent sous.

---

1. *Raison* : raisonnement.

Et pi n'y a rien de changé de plus, rien de rien; vous restez chez vous, vous n' vous occupez point de mé, vous n' me d'vez rien. Vous n' faites que prendre mon argent. Ça vous va-t-il ? »

Il la regardait d'un air joyeux, d'un air de bonne humeur.

La vieille le considérait avec méfiance, cherchant le piège. Elle demanda :

« Ça, c'est pour mé; mais pour vous, c'te ferme, ça n' vous la donne point ? »

Il reprit :

« N' vous tracassez point de ça. Vous restez tant que l' bon Dieu vous laissera vivre. Vous êtes chez vous. Seulement vous m' ferez un p'tit papier chez l' notaire pour qu'après vous ça me revienne. Vous n'avez point d'éfants, rien qu' des neveux que vous n'y tenez guère. Ça vous va-t-il ? Vous gardez votre bien votre vie durant, et je vous donne trente écus de cent sous par mois. C'est tout gain pour vous. »

La vieille demeurait surprise, inquiète, mais tentée. Elle répliqua :

« Je n' dis point non. Seulement, j' veux m' faire une raison[1] là-dessus. Rev'nez causer d' ça dans l' courant d' l'autre semaine. J' vous f'rai une réponse d' mon idée. »

Et maître Chicot s'en alla, content comme un roi qui vient de conquérir un empire.

La mère Magloire demeura songeuse. Elle ne dormit pas la nuit suivante. Pendant quatre jours, elle eut une fièvre d'hésitation. Elle flairait bien quelque chose de mauvais pour elle là-dedans, mais la pensée des trente écus par mois, de ce bel argent sonnant qui s'en viendrait couler dans son tablier, qui lui tomberait comme ça du ciel, sans rien faire, la ravageait de désir.

Alors elle alla trouver le notaire et lui conta son cas. Il lui conseilla d'accepter la proposition de Chicot. Mais en demandant cinquante écus de cent sous au lieu de trente, sa ferme valant, au bas mot, soixante mille francs.

« Si vous vivez quinze ans, disait le notaire, il ne la payera encore, de cette façon, que quarante-cinq mille francs. »

La vieille frémit à cette perspective de cinquante écus de

---

1. *Raison* : opinion mûrement réfléchie.

cent sous par mois; mais elle se méfiait toujours, craignant mille choses imprévues, des ruses cachées, et elle demeura jusqu'au soir à poser des questions, ne pouvant se décider à partir. Enfin, elle ordonna de préparer l'acte, et elle rentra troublée comme si elle eût bu quatre pots de cidre nouveau.

Quand Chicot vint pour savoir la réponse, elle se fit longtemps prier, déclarant qu'elle ne voulait pas, mais rongée par la peur qu'il ne consentît point à donner les cinquante pièces de cent sous. Enfin, comme il insistait, elle énonça ses prétentions.

Il eut un sursaut de désappointement et refusa.

Alors, pour le convaincre, elle se mit à raisonner sur la durée probable de sa vie.

« Je n'en ai pas pour pu de cinq à six ans pour sûr. Me v'là sur mes soixante-treize, et pas vaillante avec ça. L'aut'e soir, je crûmes que j'allais passer. Il me semblait qu'on me vidait l' corps, qu'il a fallu me porter à mon lit. »

Mais Chicot ne se laissait pas prendre.

« Allons, allons, vieille pratique, vous êtes solide comme l' clocher d' l'église. Vous vivrez pour le moins cent dix ans. C'est vous qui m'enterrerez, pour sûr. »

Tout le jour fut encore perdu en discussions. Mais, comme la vieille ne céda pas, l'aubergiste, à la fin, consentit à donner les cinquante écus.

Ils signèrent l'acte le lendemain. Et la mère Magloire exigea dix écus de pots de vin.

Trois ans s'écoulèrent. La bonne femme se portait comme un charme. Elle paraissait n'avoir pas vieilli d'un jour, et Chicot se désespérait. Il lui semblait, à lui, qu'il payait cette rente depuis un demi-siècle, qu'il était trompé, floué, ruiné. Il allait de temps en temps rendre visite à la fermière, comme on va voir, en juillet, dans les champs, si les blés sont mûrs pour la faux. Elle le recevait avec une malice dans le regard. On eût dit qu'elle se félicitait du bon tour qu'elle lui avait joué; et il remontait bien vite dans son tilbury en murmurant :

« Tu ne crèveras donc point, carcasse! »

Il ne savait que faire. Il eût voulu l'étrangler en la voyant. Il la haïssait d'une haine féroce, sournoise, d'une haine de paysan volé.

Alors il chercha des moyens.

Un jour enfin, il s'en vint la voir en se frottant les mains, comme il faisait la première fois lorsqu'il lui avait proposé le marché.

Et après avoir causé quelques minutes :

« Dites donc, la mère, pourquoi que vous ne v'nez point dîner à la maison, quand vous passez à Épreville ? On en jase ; on dit comme ça que j' sommes pu amis, et ça me fait deuil. Vous savez, chez mé, vous ne payerez point. J' suis pas regardant à un dîner. Tant que le cœur vous en dira, v'nez sans retenue, ça m' fera plaisir. »

La mère Magloire ne se le fit pas répéter, et le surlendemain, comme elle allait au marché dans sa carriole conduite par son valet Célestin, elle mit sans gêne son cheval à l'écurie chez maître Chicot, et réclama le dîner promis.

L'aubergiste, radieux, la traita comme une dame, lui servit du poulet, du boudin, de l'andouille, du gigot et du lard au choux. Mais elle ne mangea presque rien, sobre depuis son enfance, ayant toujours vécu d'un peu de soupe et d'une croûte de pain beurré.

Chicot insistait, désappointé. Elle ne buvait pas non plus. Elle refusa de prendre du café.

Il demanda :

« Vous accepterez toujours un petit verre.

— Ah ! pour ça, oui. Je ne dis pas non. »

Et il cria de tous ses poumons, à travers l'auberge :

« Rosalie, apporte la fine, la surfine, le fil-en-dix[1]. »

Et la servante apparut, tenant une longue bouteille ornée d'une feuille de vigne en papier.

Il emplit deux petits verres.

« Goûtez ça, la mère, c'est de la fameuse. »

Et la bonne femme se mit à boire tout doucement, à petites gorgées, faisant durer le plaisir. Quand elle eut vidé son verre, elle l'égoutta, puis déclara :

« Ça oui, c'est de la fine. »

Elle n'avait point fini de parler que Chicot lui en versait un second coup. Elle voulut refuser, mais il était

---

1. *Fil-en-dix* : eau-de-vie très forte de qualité médiocre. Le *fil-en-six* est une eau-de-vie déjà moins forte. On trouve « fil-en-quatre » dans Zola (*l'Assommoir*) et dans Th. Gautier ; Littré donne de cette expression la définition suivante : « Mauvaise eau-de-vie de cabaret, ainsi dite probablement parce qu'elle est forte comme est fort du fil en quatre, c'est-à-dire à quatre brins. » Le dictionnaire d'argot de Delvau donne « fil-en-trois » avec le même sens. Le « fil-en-deux » désignerait le vin.

trop tard, et elle le dégusta longuement, comme le premier.

Il voulut alors lui faire accepter une troisième tournée, mais elle résista. Il insistait :

« Ça, c'est du lait, voyez-vous ; mé, j'en bois dix, douze sans embarras. Ça passe comme du sucre. Rien au ventre, rien à la tête ; on dirait que ça s'évapore sur la langue. Y a rien de meilleur pour la santé. »

Comme elle avait bien envie, elle céda, mais elle n'en prit que la moitié du verre.

Alors Chicot, dans un élan de générosité, s'écria :

« T'nez, puisqu'elle vous plaît, j' vas vous en donner un p'tit fût, histoire de vous montrer que i' sommes toujours une paire d'amis. »

La bonne femme ne dit pas non et s'en alla un peu grise.

Le lendemain, l'aubergiste entra dans la cour de la mère Magloire, puis tira du fond de sa voiture une petite barrique cerclée de fer. Puis il voulut lui faire goûter le contenu, pour prouver que c'était bien la même fine ; et, quand ils eurent encore bu chacun trois verres, il déclara, en s'en allant :

« Et puis, vous savez, quand n'y en aura pu, y en a encore ; n' vous gênez point. Je n' suis pas regardant. Pu tôt que ce sera fini, pu que je serai content. »

Et il remonta dans son tilbury.

Il revint quatre jours plus tard. La vieille était devant sa porte, occupée à couper le pain de la soupe.

Il s'approcha, lui dit bonjour, lui parla dans le nez, histoire de sentir son haleine. Et il reconnut un souffle d'alcool. Alors son visage s'éclaira.

« Vous m'offrirez bien un verre de fil[1] », dit-il. Et ils trinquèrent deux ou trois fois.

Mais bientôt le bruit courait dans la contrée que la Mère Magloire s'ivrognait toute seule. On la ramassait tantôt dans sa cuisine, tantôt dans sa cour, tantôt dans les chemins des environs, et il fallait la reporter chez elle, inerte comme un cadavre.

Chicot n'allait plus chez elle, et, quand on lui parlait de la paysanne, il murmurait avec un visage triste :

« C'est-il pas malheureux, à son âge, d'avoir pris c't' habitude-là ? Voyez-vous, quand on est vieux, y a pas de

---

1. Cf. page 34, note 1.

ressource. Ça finira bien par lui jouer un mauvais tour! »

Ça lui joua un mauvais tour, en effet. Elle mourut l'hiver suivant, vers la Noël, étant tombée, saoule, dans la neige.

Et maître Chicot hérita de la ferme, en déclarant :

« C'te manante, si elle s'était point boissonnée, alle en avait bien pour dix ans de plus. »

LE RETOUR[1]

[Le thème du retour est un thème populaire que l'on retrouve dans les chansons *Pauvre Marin* ou *Pauvre Soldat* ; c'est aussi un thème littéraire très exploité au XIXᵉ siècle ; citons : *le Colonel Chabert* de Balzac ; *Jacques Damour* de Zola ; *Enoch Arden* de Tennyson, etc. G. d'Annunzio s'est inspiré de très près du texte de Maupassant dans *Turlendana Ritorna*[2]. Maupassant traite le récit avec la sobriété émouvante et la simplicité qui font le charme de la vieille chanson. Le ton du récit peut évoquer aussi *les Pauvres Gens* de Victor Hugo[3], que Maupassant aimait beaucoup.]

La mer fouette la côte de sa vague courte et monotone. De petits nuages blancs passent vite à travers le grand ciel bleu, emportés par le vent rapide, comme des oiseaux; et le village, dans le pli du vallon qui descend vers l'océan, se chauffe au soleil.

Tout à l'entrée, la maison des Martin-Lévesque, seule, au bord de la route. C'est une petite demeure de pêcheur, aux murs d'argile, au toit de chaume empanaché d'iris bleus. Un jardin large comme un mouchoir, où poussent des oignons, quelques choux, du persil, du cerfeuil, se carre devant la porte. Une haie le clôt le long du chemin.

L'homme est à la pêche, et la femme, devant la loge, répare les mailles d'un grand filet brun, tendu sur le mur ainsi qu'une immense toile d'araignée. Une fillette de qua-

---

1. Publié dans *le Gaulois* du 28 juillet 1884, puis dans le recueil *Yvette* en 1885; 2. Cf. Éd. Maynial : *Maupassant et G. d'Annunzio*, dans le *Mercure de France*, novembre 1904; 3. Dans une première version de son roman *Fort comme la mort*, Maupassant fait dire à son héros, qui laisse une jeune fille un volume de *la Légende des siècles* : « Ouvre-le au hasard et lis, tout y est beau. Puis quand tu auras trouvé quelque pièce émouvante — tiens : *les Pauvres Gens*, page 326 — je les sais par cœur, moi. Absorbe ça, laisse-toi attendrir, ferme le bouquin, lève les yeux et pense. »

torze ans, à l'entrée du jardin, assise sur une chaise de
paille, penchée en arrière et appuyée du dos à la barrière,
raccommode du linge, du linge de pauvre, rapiécé, reprisé
déjà. Une autre gamine, plus jeune d'un an, berce dans ses
bras un enfant tout petit, encore sans geste et sans parole;
et deux mioches de deux ou trois ans, le derrière dans la
terre, nez à nez, jardinent de leurs mains maladroites et se
jettent des poignées de poussière dans la figure.

Personne ne parle. Seul le moutard qu'on essaie d'endormir pleure d'une façon continue, avec une petite voix
aigre et frêle. Un chat dort sur la fenêtre; et des giroflées
épanouies font, au pied du mur, un beau bourrelet de
fleurs blanches, sur qui bourdonne un peuple de mouches.

La fillette qui coud près de l'entrée appelle tout à coup :
« M'man! »

La mère répond :

« Qué qu' t' as? »

— Le r'voilà. »

Elles sont inquiètes depuis le matin, parce qu'un homme
rôde autour de la maison : un vieux homme qui a l'air d'un
pauvre. Elles l'ont aperçu comme elles allaient conduire le
père à son bateau, pour l'embarquer. Il était assis sur le
fossé, en face de leur porte. Puis, quand elles sont revenues
de la plage, elles l'ont retrouvé là, qui regardait la maison.

Il semblait malade et très misérable. Il n'avait pas bougé
pendant plus d'une heure; puis, voyant qu'on le considérait
comme un malfaiteur, il s'était levé et était parti en traînant
la jambe.

Mais bientôt elles l'avaient vu revenir de son pas lent et
fatigué; et il s'était encore assis, un peu plus loin cette fois,
comme pour les guetter.

La mère et les fillettes avaient peur. La mère surtout se
tracassait parce qu'elle était d'un naturel craintif, et que
son homme, Lévesque, ne devait revenir de la mer qu'à la
nuit tombante.

Son mari s'appelait Lévesque; elle, on la nommait
Martin, et on les avait baptisés les Martin-Lévesque. Voici
pourquoi : elle avait épousé en premières noces un matelot
du nom de Martin, qui allait tous les étés à Terre-Neuve,
à la pêche de la morue.

Après deux années de mariage, elle avait de lui une petite
fille et elle était encore grosse de six mois quand le bâtiment

qui portait son mari, les *Deux-Sœurs*, un trois-mâts-barque de Dieppe, disparut.

On n'en eut jamais aucune nouvelle; aucun des marins qui le montaient ne revint; on le considéra donc comme perdu corps et biens.

La Martin attendit son homme pendant dix ans, élevant à grand'peine ses deux enfants; puis, comme elle était vaillante et bonne femme, un pêcheur du pays, Lévesque, veuf avec un garçon, la demanda en mariage. Elle l'épousa, et eut encore de lui deux enfants en trois ans.

Ils vivaient péniblement, laborieusement. Le pain était cher et la viande presque inconnue dans la demeure. On s'endettait parfois chez le boulanger, en hiver, pendant les mois de bourrasques. Les petits se portaient bien, cependant. On disait :

« C'est des braves gens, les Martin-Lévesque. La Martin est dure à la peine, et Lévesque n'a pas son pareil pour la pêche. »

La fillette assise à la barrière reprit :

« On dirait qu'y nous connaît. C'est p't-être ben quéque pauvre d'Épreville[1] ou d'Auzebosc[2]. »

Mais la mère ne s'y trompait pas. Non, non, ça n'était pas quelqu'un du pays, pour sûr!

Comme il ne remuait pas plus qu'un pieu, et qu'il fixait ses yeux avec obstination sur le logis des Martin-Lévesque, la Martin devint furieuse et, la peur la rendant brave, elle saisit une pelle et sortit devant la porte.

« Qué que vous faites là? » cria-t-elle au vagabond.

Il répondit d'une voix enrouée :

« J' prends la fraîche, donc! J' vous fais-ti tort? »

Elle reprit :

« Pourqué qu' vous êtes quasiment en espionance devant ma maison? »

L'homme répliqua :

« Je n' fais d' mal à personne. C'est-i point permis d' s'asseoir sur la route? »

Ne trouvant rien à répondre, elle rentra chez elle.

La journée s'écoula lentement. Vers midi, l'homme disparut. Mais il repassa vers cinq heures. On ne le vit plus dans la soirée.

1. *Épreville*. Cf. page 30, note 2 ; 2. *Auzebosc :* localité de l'arrondissement du Havre.

Lévesque rentra à la nuit tombée. On lui dit la chose. Il conclut :

« C'est quéque fouineur ou quéque malicieux. »

Et il se coucha sans inquiétude, tandis que sa compagne songeait à ce rôdeur qui l'avait regardée avec des yeux si drôles.

Quand le jour vint, il faisait grand vent, et le matelot, voyant qu'il ne pourrait prendre la mer, aida sa femme à raccommoder ses filets.

Vers neuf heures, la fille aînée, une Martin, qui était allée chercher du pain, rentra en courant, la mine effarée, et cria :

« M'man, le r'voilà! »

La mère eut une émotion, et, toute pâle, dit à son homme :

« Va li parler, Lévesque, pour qu'il ne nous guette point comme ça, parce que, mé, ça me tourne les sens. »

Et Lévesque, un grand matelot au teint de brique, à la barbe drue et rouge, à l'œil bleu percé d'un point noir, au cou fort, enveloppé toujours de laine, par crainte du vent et de la pluie au large, sortit tranquillement et s'approcha du rôdeur.

Et ils se mirent à parler.

La mère et les enfants les regardaient de loin, anxieux et frémissants.

Tout à coup, l'inconnu se leva et s'en vint, avec Lévesque, vers la maison.

La Martin, effarée, se reculait. Son homme lui dit :

« Donne li un p'tieu de pain et un verre de cidre. I n'a rien mâqué[1] depuis avant-hier. »

Et ils entrèrent tous deux dans le logis, suivis de la femme et des enfants. Le rôdeur s'assit et se mit à manger, la tête baissée sous tous les regards.

La mère, debout, le dévisageait; les deux grandes filles, les Martin, adossées à la porte, l'une portant le dernier enfant, plantaient sur lui leurs yeux avides, et les deux mioches, assis dans les cendres de la cheminée, avaient cessé de jouer avec la marmite noire, comme pour contempler aussi cet étranger.

Lévesque, ayant pris une chaise, lui demanda :

« Alors vous v'nez de loin?

---

1. *Mâquer* : mâcher au sens de « manger » (dialecte local).

— J' viens d' Cette[1].

— A pied, comme ça?...

— Oui, à pied. Quand on n'a pas les moyens, faut ben.

— Ousque vous allez donc?

— J'allais t'ici.

— Vous y connaissez quéqu'un?

— Ça se peut ben. »

Ils se turent. Il mangeait lentement, bien qu'il fût affamé, et il buvait une gorgée de cidre après chaque bouchée de pain. Il avait un visage usé, ridé, creux partout, et semblait avoir beaucoup souffert.

Lévesque lui demanda brusquement :

« Comment que vous vous nommez? »

Il répondit sans lever le nez :

« Je me nomme Martin. »

Un étrange frisson secoua la mère. Elle fit un pas, comme pour voir de plus près le vagabond, et demeura en face de lui, les bras pendants, la bouche ouverte. Personne ne disait plus rien. Lévesque enfin reprit :

« Êtes-vous d'ici? »

Il répondit :

« J' suis d'ici. »

Et comme il levait enfin la tête, les yeux de la femme et les siens se rencontrèrent et demeurèrent fixes, mêlés, comme si les regards se fussent accrochés.

Et elle prononça tout à coup, d'une voix changée, basse, tremblante :

« C'est-y té, mon homme? »

Il articula lentement :

« Oui, c'est mé. »

Il ne remua pas, continuant à mâcher son pain.

Lévesque, plus surpris qu'ému, balbutia :

« C'est té, Martin? »

L'autre dit simplement :

« Oui, c'est mé. »

Et le second mari demanda :

« D'où que tu d'viens donc? »

Le premier raconta :

« D' la côte d'Afrique. J'ons sombré sur un banc. J' nous sommes ensauvés à trois, Picard, Vatinel et mé. Et pi

---

1. *Cette* : Sète. L'orthographe actuelle, adoptée en 1928, est plus conforme à l'étymologie latine *(Setius mons)*.

j'avons été pris par des sauvages qui nous ont tenus douze ans. Picard et Vatinel sont morts. C'est un voyageur anglais qui m'a pris-t-en passant et qui m'a reconduit à Cette. Et me v'là. »

La Martin s'était mise à pleurer, la figure dans son tablier.

Lévesque prononça :

« Qué que j'allons fé, à c't' heure ? »

Martin demanda :

« C'est té qu'es s'n homme ? »

Lévesque répondit :

« Oui, c'est mé ! »

Ils se regardèrent et se turent.

Alors, Martin, considérant les enfants en cercle autour de lui, désigna d'un coup de tête les deux fillettes.

« C'est-i' les miennes ? »

Lévesque dit :

« C'est les tiennes. »

Il ne se leva point ; il ne les embrassa point, il constata seulement :

« Bon Dieu, qu'a sont grandes ! »

Lévesque répéta :

« Qué que j'allons fé ? »

Martin, perplexe, ne savait guère plus. Enfin il se décida :

« Moi, j' f'rai à ton désir. Je n' veux pas t' faire tort. C'est contrariant tout de même, vu la maison. J'ai deux éfants, tu n'as trois, chacun les siens. La mère, c'est-ti à té, c'est-ti à mé ? J' suis consentant à ce qui te plaira ; mais la maison, c'est à mé vu qu' mon père me l'a laissée, que j'y sieus né, et qu'elle a des papiers chez le notaire. »

La Martin pleurait toujours, par petits sanglots cachés dans la toile bleue du tablier. Les deux grandes fillettes s'étaient rapprochées et regardaient leur père avec inquiétude.

Il avait fini de manger. Il dit à son tour :

« Qué que j'allons fé ? »

Lévesque eut une idée :

« Faut aller chez l' curé, i' décidera. »

Martin se leva, et comme il s'avançait vers sa femme, elle se jeta sur sa poitrine en sanglotant :

« Mon homme ! te v'là ! Martin, mon pauvre Martin, te v'là ! »

Et elle le tenait à pleins bras, traversée brusquement par

un souffle d'autrefois, par une grande secousse de souvenirs qui lui rappelaient ses vingt ans et ses premières étreintes.

Martin, ému lui-même, l'embrassait sur son bonnet. Les deux enfants, dans la cheminée, se mirent à hurler ensemble en entendant pleurer leur mère, et le dernier-né, dans les bras de la seconde des Martin, clama d'une voix aiguë comme un fifre faux.

Lévesque, debout, attendait :

« Allons, dit-il, faut se mettre en règle. »

Martin lâcha sa femme, et, comme il regardait ses deux filles, la mère leur dit :

« Baisez vot' pé, au moins. »

Elles s'approchèrent en même temps, l'œil sec, étonnées, un peu craintives. Et il les embrassa l'une après l'autre, sur les deux joues, d'un gros bécot paysan. En voyant approcher cet inconnu le petit enfant poussa des cris si perçants, qu'il faillit être pris de convulsions.

Puis les deux hommes sortirent ensemble.

Comme ils passaient devant le café du Commerce, Lévesque demanda :

« Si je prenions toujours une goutte ? »

— Moi, j' veux ben, » déclara Martin.

Ils entrèrent, s'assirent dans la pièce encore vide.

« Eh ! Chicot, deux fil-en-six[1], de la bonne, c'est Martin qu'est r'venu, Martin, celui à ma femme, tu sais ben, Martin des *Deux-Sœurs*, qu'était perdu. »

Et le cabaretier, trois verres d'une main, un carafon de l'autre, s'approcha, ventru, sanguin, bouffi de graisse, et demanda d'un air tranquille :

« Tiens ! te v'là donc, Martin ? »

Martin répondit :

« Mé v'là !... »

BOITELLE

Le père Boitelle (Antoine) avait dans tout le pays la spécialité des besognes malpropres. Toutes les fois qu'on avait à faire nettoyer une fosse, un fumier, un puisard, à

1. Cf. page 34, note 1; **2.** Publié dans *l'Echo de Paris* du 22 janvier 1889, puis dans le recueil *la Main gauche*.

curer un égout, un trou de fange quelconque, c'était lui qu'on allait chercher.

Il s'en venait avec ses instruments de vidangeur et ses sabots enduits de crasse, et se mettait à sa besogne en geignant sans cesse sur son métier. Quand on lui demandait alors pourquoi il faisait cet ouvrage répugnant, il répondait avec résignation :

« Pardi, c'est pour mes éfants qu'il faut nourrir. Ça rapporte plus qu'autre chose. »

Il avait, en effet, quatorze enfants. Si on s'informait de ce qu'ils étaient devenus, il disait avec un air d'indifférence :

« N'en reste huit à la maison. Y en a un au service et cinq mariés. »

Quand on voulait savoir s'ils étaient bien mariés, il reprenait avec vivacité :

« Je les ai pas opposés. Je les ai opposés en rien. Ils ont marié comme ils ont voulu. Faut pas opposer les goûts, ça tourne mal. Si je suis ordureux, mé, c'est que mes parents m'ont opposé dans mes goûts. Sans ça, j'aurais devenu un ouvrier comme les autres. »

Voici en quoi ses parents l'avaient contrarié dans ses goûts.

Il était alors soldat, faisant son temps au Havre, pas plus bête qu'un autre, pas plus dégourdi non plus, un peu simple pourtant. Pendant les heures de liberté, son plus grand plaisir était de se promener sur le quai, où sont réunis les marchands d'oiseaux. Tantôt seul, tantôt avec un pays, il s'en allait lentement le long des cages où les perroquets à dos vert et à tête jaune des Amazones, les perroquets à dos gris et à tête rouge du Sénégal, les aras énormes qui ont l'air d'oiseaux cultivés en serre, avec leurs plumes fleuries, leurs panaches et leurs aigrettes, les perruches de toute taille, qui semblent coloriées avec un soin minutieux par un bon Dieu miniaturiste, et les petits, tout petits oisillons sautillants, rouges, jaunes, bleus et bariolés, mêlant leurs cris au bruit du quai, apportent dans le fracas des navires déchargés, des passants et des voitures, une rumeur violente, aiguë, piaillarde, assourdissante, de forêt lointaine et surnaturelle.

Boitelle s'arrêtait, les yeux ouverts, la bouche ouverte, riant et ravi, montrant ses dents aux kakatoès prisonniers qui saluaient de leur huppe blanche ou jaune le rouge éclatant de sa culotte et le cuivre de son ceinturon. Quand il rencontrait un oiseau parleur, il lui posait des questions et si la bête se trouvait ce jour-là disposée à répondre et dialoguait avec lui, il emportait pour jusqu'au soir de la gaieté et du contentement. A regarder les singes aussi il se faisait des bosses de plaisir, et il n'imaginait point de plus grand luxe pour un homme riche que de posséder ces animaux ainsi qu'on a des chats et des chiens. Ce goût-là, ce goût de l'exotique, il l'avait dans le sang comme on a celui de la chasse, de la médecine ou de la prêtrise. Il ne pouvait s'empêcher, chaque fois que s'ouvraient les portes de la caserne, de s'en revenir au quai comme s'il s'était senti tiré par une envie.

Or une fois, s'étant arrêté presque en extase devant un araraca monstrueux qui gonflait ses plumes, s'inclinait, se redressait, semblait faire les révérences de cour du pays des perroquets, il vit s'ouvrir la porte d'un petit café attenant à la boutique du marchand d'oiseaux, et une jeune négresse, coiffée d'un foulard rouge, apparut, qui balayait vers la rue les bouchons et le sable de l'établissement.

L'attention de Boitelle fut aussitôt partagée entre l'animal et la femme, et il n'aurait su dire vraiment lequel de ces deux êtres il contemplait avec le plus d'étonnement et de plaisir.

La négresse, ayant poussé dehors les ordures du cabaret, leva les yeux, et demeura à son tour toute éblouie devant l'uniforme du soldat. Elle restait debout, en face de lui, son balai dans les mains comme si elle lui eût porté les armes, tandis que l'araraca continuait à s'incliner. Or le troupier au bout de quelques instants fut gêné par cette attention, et il s'en alla à petits pas, pour n'avoir point l'air de battre en retraite.

Mais il revint. Presque chaque jour il passa devant le Café des Colonies, et souvent il aperçut à travers les vitres la petite bonne à peau noire qui servait des bocks ou de l'eau-de-vie aux matelots du port. Souvent aussi elle sortait en l'apercevant; bientôt, même, sans s'être jamais parlé, ils se sourirent comme des connaissances; et Boitelle se sentait le cœur remué, en voyant luire tout à coup, entre les lèvres sombres de la fille, la ligne éclatante de ses dents. Un jour enfin il entra, et fut tout surpris en constatant qu'elle parlait français comme tout le monde. La bouteille de limonade, dont elle accepta de boire un verre, demeura,

dans le souvenir du troupier, mémorablement délicieuse ; et
il prit l'habitude de venir absorber, en ce petit cabaret du
port, toutes les douceurs liquides que lui permettait sa
bourse.

C'était pour lui une fête, un bonheur auquel il pensait
sans cesse, de regarder la main noire de la petite bonne
verser quelque chose dans son verre, tandis que les dents
riaient, plus claires que les yeux. Au bout de deux mois
de fréquentation, ils devinrent tout à fait bons amis, et
Boitelle, après le premier étonnement de voir que les idées
de cette négresse étaient pareilles aux bonnes idées des filles
du pays, qu'elle respectait l'économie, le travail, la religion
et la conduite, l'en aima davantage, s'éprit d'elle au point
de vouloir l'épouser.

Il lui dit ce projet qui la fit danser de joie. Elle avait
d'ailleurs quelque argent, laissé par une marchande d'huîtres,
qui l'avait recueillie quand elle fut déposée sur le quai du
Havre par un capitaine américain. Ce capitaine l'avait
trouvée âgée d'environ six ans, blottie sur des balles de
coton dans la cale de son navire, quelques heures après son
départ de New-York. Venant au Havre, il y abandonna aux
soins de cette écaillère apitoyée ce petit animal noir caché
à son bord, il ne savait par qui ni comment. La vendeuse
d'huîtres étant morte, la jeune négresse devint bonne au
café des Colonies.

Antoine Boitelle ajouta :

« Ça se fera si les parents n'y opposent point. J'irai
jamais contre eux, t' entends ben, jamais ! Je vas leur en
toucher deux mots à la première fois que je retourne au
pays. »

La semaine suivante en effet, ayant obtenu vingt-quatre
heures de permission, il se rendit dans sa famille qui culti-
vait une petite ferme à Tourteville, près d'Yvetot[1].

Il attendit la fin du repas, l'heure où le café baptisé d'eau-
de-vie rendait les cœurs plus ouverts, pour informer ses
ascendants qu'il avait trouvé une fille répondant si bien à
ses goûts, à tous ses goûts, qu'il ne devait pas en exister
une autre sur la terre pour lui convenir aussi parfaitement.

---

1. *Yvetot :* chef-lieu d'arrondissement de la Seine-Maritime. C'est le petit
séminaire d'Yvetot, « cette citadelle de l'esprit normand », que choisit Mme de
Maupassant pour y envoyer le jeune Guy en 1863 ; il y resta jusqu'à la classe
de seconde.

Les vieux, à ce propos, devinrent aussitôt circonspects, et demandèrent des explications. Il ne cacha rien d'ailleurs que la couleur de son teint.

C'était une bonne, sans grand avoir, mais vaillante, économe, propre, de conduite, et de bon conseil. Toutes ces choses-là valaient mieux que de l'argent aux mains d'une mauvaise ménagère. Elle avait quelques sous d'ailleurs, laissés par une femme qui l'avait élevée, quelques gros sous, presque une petite dot, quinze cents francs à la caisse d'épargne. Les vieux, conquis par ses discours, confiants d'ailleurs dans son jugement, cédaient peu à peu, quand il arriva au point délicat. Riant d'un rire un peu contraint :

« Il n'y a qu'une chose, dit-il, qui pourra vous contrarier. Elle n'est brin[1] blanche. »

Ils ne comprenaient pas et il dut expliquer longuement avec beaucoup de précautions, pour ne point les rebuter, qu'elle appartenait à la race sombre dont ils n'avaient vu d'échantillons que sur les images d'Épinal.

Alors ils furent inquiets, perplexes, craintifs, comme s'il leur avait proposé une union avec le Diable.

La mère disait : « Noire ? Combien qu'elle l'est ? C'est-il partout ? »

Il répondait : « Pour sûr ! Partout, comme t'es blanche partout, té ! »

Le père reprenait : « Noire ? C'est-il noir autant que le chaudron ? »

Le fils répondait : « Pt'être ben un p'tieu moins ! C'est noire, mais point noire à dégoûter. La robe à m'sieu l' curé est ben noire, et alle n'est pas pu laide qu'un surplis qu'est blanc. »

Le père disait : « Y en a-t-il de pu noires qu'elle dans son pays ? »

Et le fils, convaincu, s'écriait :

« Pour sûr ! »

Mais le bonhomme remuait la tête.

« Ça doit être déplaisant. »

Et le fils :

« C'est point pu déplaisant qu'aut' chose, vu qu'on s'y fait en rin de temps. »

La mère demandait :

---

1. Locution négative archaïque (cf. ne ... goutte, ne ... mie, etc.).

« Ça ne salit point le linge plus que d'autres, ces piaux-là ?
— Pas plus que la tienne, vu que c'est sa couleur. »

Donc, après beaucoup de questions encore, il fut convenu que les parents verraient cette fille avant de rien décider et que le garçon, dont le service allait finir l'autre mois, l'amènerait à la maison afin qu'on pût l'examiner et décider en causant si elle n'était pas trop foncée pour rentrer dans la famille Boitelle.

Antoine alors annonça que le dimanche 22 mai, jour de sa libération, il partirait pour Tourteville avec sa bonne amie.

Elle avait mis pour ce voyage chez les parents de son amoureux ses vêtements les plus beaux et les plus voyants, où dominaient le jaune, le rouge et le bleu, de sorte qu'elle avait l'air pavoisée pour une fête nationale.

Dans la gare, au départ du Havre, on la regarda beaucoup, et Boitelle était fier de donner le bras à une personne qui commandait ainsi l'attention. Puis, dans le wagon de troisième classe où elle prit place à côté de lui, elle imposa une telle surprise aux paysans que ceux des compartiments voisins montèrent sur leurs banquettes pour l'examiner par-dessus la cloison de bois qui divisait la caisse roulante. Un enfant, à son aspect, se mit à crier de peur, un autre cacha sa figure dans le tablier de sa mère.

Tout alla bien cependant jusqu'à la gare d'arrivée. Mais lorsque le train ralentit sa marche en approchant d'Yvetot, Antoine se sentit mal à l'aise, comme au moment d'une inspection quand il ne savait pas sa théorie. Puis, s'étant penché à la portière, il reconnut de loin son père qui tenait la bride du cheval attelé à la carriole, et sa mère venue jusqu'au treillage qui maintenait les curieux.

Il descendit le premier, tendit la main à sa bonne amie et droit, comme s'il escortait un général, il se dirigea vers sa famille.

La mère, en voyant venir cette dame noire et bariolée en compagnie de son garçon, demeurait tellement stupéfaite qu'elle n'en pouvait ouvrir la bouche, et le père avait peine à maintenir le cheval que faisait cabrer coup sur coup la locomotive ou la négresse. Mais Antoine, saisi soudain par la joie sans mélange de revoir ses vieux, se précipita, les bras ouverts, bécota la mère, bécota le père malgré l'effroi du bidet, puis se tournant vers sa compagne que les passants ébaubis considéraient en s'arrêtant, il s'expliqua :

« La v'là! J' vous avais ben dit qu'à première vue alle est un brin détournante, mais sitôt qu'on la connaît, vrai de vrai, y a rien de plus plaisant sur la terre. Dites-y bonjour qu'a ne s'émeuve point. »

Alors la mère Boitelle, intimidée elle-même à perdre la raison, fit une espèce de révérence, tandis que le père ôtait sa casquette en murmurant : « J' vous la souhaite à vot' désir. » Puis sans s'attarder on grimpa dans la carriole, les deux femmes au fond sur des chaises qui les faisaient sauter en l'air à chaque cahot de la route, et les deux hommes par devant, sur la banquette.

Personne ne parlait. Antoine inquiet sifflotait un air de caserne, le père fouettait le bidet, et la mère regardait de coin, en glissant des coups d'œil de fouine, la négresse dont le front et les pommettes reluisaient sous le soleil comme des chaussures bien cirées.

Voulant rompre la glace, Antoine se retourna.

« Eh bien, dit-il, on ne cause pas ?

— Faut le temps », répondit la vieille.

Il reprit :

« Allons, raconte à la p'tite l'histoire des huit œufs de ta poule. »

C'était une farce célèbre dans la famille. Mais comme sa mère se taisait toujours, paralysée par l'émotion, il prit lui-même la parole et narra, en riant beaucoup, cette mémorable aventure. Le père, qui la savait par cœur, se dérida aux premiers mots; sa femme bientôt suivit l'exemple, et la négresse elle-même, au passage le plus drôle, partit tout à coup d'un tel rire, d'un rire si bruyant, roulant, torrentiel, que le cheval excité fit un petit temps de galop.

La connaissance était faite. On causa.

A peine arrivés, quand tout le monde fut descendu, après qu'il eut conduit sa bonne amie dans la chambre pour ôter sa robe qu'elle aurait pu tacher en faisant un bon plat de sa façon destiné à prendre les vieux par le ventre, il attira ses parents devant la porte, et demanda, le cœur battant :

« Eh ben, quéque vous dites ? »

Le père se tut. La mère plus hardie déclara :

« Alle est trop noire! Non, vrai, c'est trop. J'en ai eu les sangs tournés.

— Vous vous y ferez, dit Antoine.

— Possible, mais pas pour le moment. »

Ils entrèrent et la bonne femme fut émue en voyant la négresse cuisiner. Alors elle l'aida, la jupe retroussée, active malgré son âge.

Le repas fut bon, fut long, fut gai. Quand on fit un tour ensuite, Antoine prit son père à part :

« Eh ben, pé, quéque t'en dis ? »

Le paysan ne se compromettait jamais.

« J'ai point d'avis. D'mande à ta mé. »

Alors Antoine rejoignit sa mère et la retenant en arrière :

« Eh ben, ma mé, quéque t'en dis ?

— Mon pauv'e gars, vrai, alle est trop noire. Seulement un p'tieu moins je ne m'opposerais pas, mais c'est trop. On dirait Satan ! »

Il n'insista point, sachant que la vieille s'obstinait toujours, mais il sentait en son cœur entrer un orage de chagrin. Il cherchait ce qu'il fallait faire, ce qu'il pourrait inventer, surpris d'ailleurs qu'elle ne les eût pas conquis déjà comme elle l'avait séduit lui-même. Et ils s'en allaient tous les quatre à pas lents à travers les blés, redevenus peu à peu silencieux. Quand on longeait une clôture, les fermiers apparaissaient à la barrière, les gamins grimpaient sur les talus, tout le monde se précipitait au chemin pour voir passer la « noire » que le fils Boitelle avait ramenée. On apercevait au loin des gens qui couraient à travers les champs comme on accourt quand bat le tambour des annonces de phénomènes vivants. Le père et la mère Boitelle effarés de cette curiosité semée par la campagne à leur approche, hâtaient le pas, côte à côte, précédant de loin leur fils à qui sa compagne demandait ce que les parents pensaient d'elle.

Il répondit en hésitant qu'ils n'étaient pas encore décidés.

Mais sur la place du village ce fut une sortie en masse de toutes les maisons en émoi, et devant l'attroupement grossissant, les vieux Boitelle prirent la fuite et regagnèrent leur logis, tandis qu'Antoine soulevé de colère, sa bonne amie au bras, s'avançait avec majesté sous les yeux élargis par l'ébahissement.

Il comprenait que c'était fini, qu'il n'y avait plus d'espoir, qu'il n'épouserait pas sa négresse ; elle aussi le comprenait ; et ils se mirent à pleurer tous les deux en approchant de la ferme. Dès qu'ils furent revenus, elle ôta de nouveau sa robe pour aider la mère à faire sa besogne ; elle la suivit partout, à la laiterie, à l'étable, au poulailler, prenant la plus grosse part, répétant sans cesse : « Laissez-moi faire, madame Boitelle », si bien que le soir venu, la vieille, touchée et inexorable, dit à son fils :

« C'est une brave fille tout de même. C'est dommage qu'elle soit si noire, mais vrai, alle l'est trop. J'pourrais pas m'y faire, faut qu'alle r'tourne, alle est trop noire. »

Et le fils Boitelle dit à sa bonne amie :

« Alle n' veut point, alle te trouve trop noire. Faut r'tourner. Je t'aconduirai jusqu'au chemin de fer. N'importe, t'éluge[1] point. J'vas leur y parler quand tu seras partie. »

Il la conduisit donc à la gare en lui donnant encore bon espoir, et après l'avoir embrassée, la fit monter dans le convoi qu'il regarda s'éloigner avec des yeux bouffis par les pleurs.

Il eut beau implorer les vieux, ils ne consentirent jamais.

Et quand il avait conté cette histoire que tout le pays connaissait, Antoine Boitelle ajoutait toujours :

« A partir de ça, j'ai eu de cœur à rien, à rien. Aucun métier ne m'allait pu, et j'sieus devenu ce que j'sieus, un ordureux. »

On lui disait :

« Vous vous êtes marié pourtant.

— Oui, et j' peux pas dire que ma femme m'a déplu pisque j'y ai fait quatorze enfants, mais c' n'est point l'autre, oh non, pour sûr, oh non ! L'autre, voyez-vous, ma négresse, elle n'avait qu'à me regarder, je me sentais comme transporté... »

LA ROCHE AUX GUILLEMOTS

[Vraisemblablement composé en 1884, ce conte fut publié dans le recueil *Contes du jour et de la nuit*, en 1885. Ce récit de chasse se situe à Étretat, la petite plage si chère au conteur, qui en a donné de nombreuses descriptions ; la première nous la trouvons dans une lettre du 3 novembre 1877 à Flaubert, elle était destinée à fournir un cadre à l'une des expéditions des « deux bonhommes », Bouvard et Pécuchet. Flaubert ne la retint pas parce que, dit-il, le cadre si particulier d'Étretat est « presque impossible à décrire par des

---

1. *S'éluger* : en patois cauchois, se troubler, perdre la tête. En ancien français, « élugir » (du latin *elugere*, être en deuil).

CLAUDE MONET : L'AIGUILLE CREUSE À ÉTRETAT

mots »; toutefois Maupassant évoque le site dans nombre de contes ou chroniques : *Étretat*[1], le *Modèle*[2], *Adieu*[3], etc.]

Voici la saison des guillemots[4].

D'avril à la fin de mai, avant que les baigneurs parisiens arrivent, on voit paraître soudain, sur la petite plage d'Étretat, quelques vieux messieurs bottés, sanglés en des vestes de chasse. Ils passent quatre ou cinq jours à l'Hôtel Hauville, disparaissent, reviennent trois semaines plus tard; puis, après un nouveau séjour, s'en vont définitivement.

On les revoit au printemps suivant.

Ce sont les derniers chasseurs de guillemots, ceux qui restent des anciens; car ils étaient une vingtaine de fanatiques, il y a trente ou quarante ans; ils ne sont plus que quelques enragés tireurs.

Le guillemot est un oiseau voyageur fort rare, dont les habitudes sont étranges. Il habite presque toute l'année les parages de Terre-Neuve, des îles Saint-Pierre et Miquelon; mais, au moment des amours, une bande d'émigrants traverse l'Océan, et, tous les ans, vient pondre et couver au même endroit, à la roche dite *aux Guillemots*, près d'Étretat. On n'en trouve que là, rien que là. Ils y sont toujours venus, on les a toujours chassés, et ils reviennent encore; ils reviendront toujours. Sitôt les petits élevés, ils repartent, disparaissent pour un an.

Pourquoi ne vont-ils jamais ailleurs, ne choisissent-ils aucun autre point de cette longue falaise blanche et sans cesse pareille qui court du Pas-de-Calais au Havre? Quelle force, quel instinct invincible, quelle habitude séculaire poussent ces oiseaux à revenir en ce lieu? Quelle première émigration, quelle tempête peut-être a jadis jeté leurs pères sur cette roche? Et pourquoi les fils, les petits-fils, tous les descendants des premiers y sont-ils toujours retournés?

Ils ne sont pas nombreux : une centaine au plus, comme si une seule famille avait cette tradition, accomplissait ce pèlerinage annuel.

Et chaque printemps, dès que la petite tribu voyageuse s'est réinstallée sur sa roche, les mêmes chasseurs aussi

1. Chronique publiée dans *le Gaulois* du 20 avril 1880 et signée « Chaudrons du Diable »; 2. Conte publié dans le *Gil Blas* du 17 déc. 1883; 3. Conte publié dans le *Gil Blas* du 4 mai 1884; 4. Les *guillemots* sont des oiseaux migrateurs d'une espèce voisine des pingouins. Ils sont rares sur les côtes de France et viennent des régions arctiques.

reparaissent dans le village. On les a connus jeunes autrefois; ils sont vieux aujourd'hui, mais fidèles au rendez-vous régulier qu'ils se sont donné depuis trente ou quarante ans.

Pour rien au monde, ils n'y manqueraient.

C'était par un soir d'avril de l'une des dernières années. Trois des anciens tireurs de guillemots venaient d'arriver; un d'eux manquait, M. d'Arnelles.

Il n'avait écrit à personne, n'avait donné aucune nouvelle. Pourtant il n'était point mort, comme tant d'autres; on l'aurait su. Enfin, las d'attendre, les premiers venus se mirent à table; et le dîner touchait à sa fin, quand une voiture roula dans la cour de l'hôtellerie; et bientôt le retardataire entra.

Il s'assit, joyeux, se frottant les mains, mangea de grand appétit, et, comme un de ses compagnons s'étonnait qu'il fût en redingote, il répondit tranquillement :

« Oui, je n'ai pas eu le temps de me changer. »

On se coucha en sortant de table, car, pour surprendre les oiseaux, il faut partir bien avant le jour.

Rien de joli comme cette chasse, comme cette promenade matinale.

Dès trois heures du matin, les matelots réveillent les chasseurs en jetant du sable dans les vitres. En quelques minutes on est prêt et on descend sur le perret[1]. Bien que le crépuscule ne se montre point encore, les étoiles sont un peu pâlies; la mer fait grincer les galets; la brise est si fraîche qu'on frissonne un peu, malgré les gros habits.

Bientôt les deux barques poussées par les hommes, dévalent brusquement sur la pente de cailloux ronds, avec un bruit de toile qu'on déchire; puis elles se balancent sur les premières vagues. La voile brune monte au mât, se gonfle un peu, palpite, hésite et, bombée de nouveau, ronde comme un ventre, emporte les coques goudronnées vers la grande porte d'aval qu'on distingue vaguement dans l'ombre.

Le ciel s'éclaircit; les ténèbres semblent fondre; la côte paraît voilée encore, la grande côte blanche, droite comme une muraille.

On franchit la Manne-Porte, voûte énorme où passerait

---

1. *Perret* (ou *perré*, selon Littré) : ici, la partie du quai où se trouve la rampe qui permet de mettre les bateaux à flot.

un navire; on double la pointe de la Courtine; voici le val
d'Antifer, le cap du même nom; et soudain on aperçoit
une plage où des centaines de mouettes sont posées. Voici
la roche aux Guillemots.

C'est tout simplement une petite bosse de la falaise; et,
sur les étroites corniches du roc, des têtes d'oiseaux se
montrent, qui regardent les barques.

Ils sont là, immobiles, attendant, ne se risquant point à
partir encore. Quelques-uns, piqués sur des rebords avancés,
ont l'air assis sur leurs derrières, dressés en forme de bouteille, car ils ont des pattes si courtes qu'ils semblent, quand
ils marchent, glisser comme des bêtes à roulettes; et, pour
s'envoler, ne pouvant prendre d'élan, il leur faut se laisser
tomber comme des pierres, presque jusqu'aux hommes qui
les guettent.

Ils connaissent leur infirmité et le danger qu'elle leur
crée, et ne se décident pas à vite s'enfuir.

Mais les matelots se mettent à crier, battant leurs bor-
dages avec les tolets de bois, et les oiseaux, pris de peur,
s'élancent un à un, dans le vide, précipités jusqu'au ras de
la vague; puis, les ailes battant à coups rapides, ils filent,
filent et gagnent le large, quand une grêle de plombs ne les
jette pas à l'eau.

Pendant une heure on les mitraille ainsi, les forçant à
déguerpir l'un après l'autre; et quelquefois les femelles au
nid, acharnées à couver, ne s'en vont point, et reçoivent
coup sur coup les décharges qui font jaillir sur la robe blanche
des gouttelettes de sang rose, tandis que la bête expire sans
avoir quitté ses œufs.

Le premier jour, M. d'Arnelles chassa avec son entrain
habituel; mais, quand on repartit vers dix heures, sous le
haut soleil radieux, qui jetait de grands triangles de lumière
dans les échancrures blanches de la côte, il se montra un
peu soucieux, rêvant parfois, contre son habitude.

Dès qu'on fut de retour au pays, une sorte de domestique
en noir vint lui parler bas. Il sembla réfléchir, hésiter, puis
il répondit :

« Non, demain. »

Et, le lendemain, la chasse recommença.

M. d'Arnelles, cette fois, manqua souvent les bêtes, qui
pourtant se laissaient choir presque au bout du canon de

fusil; et ses amis riant, lui demandaient s'il était amoureux, si quelque trouble secret lui remuait le cœur et l'esprit.

À la fin, il en convint.

« Oui, vraiment, il faut que je parte tantôt, et cela me contrarie.

— Comment, vous partez? Et pourquoi?

— Oh! j'ai une affaire qui m'appelle, je ne puis rester plus longtemps. »

Puis on parla d'autre chose.

Dès que le déjeuner fut terminé, le valet en noir reparut. M. d'Arnelles ordonna d'atteler; et l'homme allait sortir quand les trois autres chasseurs intervinrent, insistèrent, priant et sollicitant pour retenir leur ami. L'un d'eux, à la fin demanda :

« Mais, voyons, elle n'est pas si grave, cette affaire, puisque vous avez bien attendu déjà deux jours! »

Le chasseur tout à fait perplexe réfléchissait, visiblement combattu, tiré par le plaisir et une obligation, malheureux et troublé.

Après une longue méditation, il murmura, hésitant :

« C'est que... c'est que... je ne suis pas seul ici; j'ai mon gendre. »

Ce furent des cris et des exclamations :

« Votre gendre?... mais où est-il? »

Alors, tout à coup, il sembla confus, et rougit.

« Comment! vous ne savez pas?... Mais... mais... il est sous la remise. Il est mort. »

Un silence de stupéfaction régna.

M. d'Arnelles reprit, de plus en plus troublé :

« J'ai eu le malheur de le perdre; et, comme je conduisais le corps chez moi, à Briseville, j'ai fait un petit détour pour ne pas manquer notre rendez-vous. Mais, vous comprenez que je ne puis m'attarder plus longtemps. »

Alors, un des chasseurs, plus hardi :

« Cependant... Puisqu'il est mort... il me semble... qu'il peut bien attendre un jour de plus. »

Les deux autres n'hésitèrent plus :

« C'est incontestable », dirent-ils.

M. d'Arnelles semblait soulagé d'un grand poids, encore un peu inquiet pourtant, il demanda :

« Mais là... franchement... vous trouvez?... »

Les trois autres, comme un seul homme, répondirent :

« Parbleu! mon cher, deux jours de plus ou de moins n'y feront rien dans son état. »

Alors, tout à fait tranquille, le beau-père se retourna vers le croque-mort :

« Eh bien! mon ami, ce sera pour après-demain. »

LES BÉCASSES

[Le conte fut publié dans *le Figaro*, le 20 octobre 1885, puis dans le recueil *Monsieur Parent*, en 1886.

Maupassant avait loué en 1885, tout près d'Étretat, une chasse assez importante, à la ferme Martin de Bordeaux-Saint-Clair; il avait acheté au cours de l'été un chien d'arrêt nommé Paf. L'extrait suivant mérite de figurer dans le tableau que le conteur nous donne de son pays cauchois.]

[...] Donc mes deux amis, les frères d'Orgemol et moi, nous restons ici pendant la saison de chasse[1], en attendant les premiers froids. Puis, dès qu'il gèle, nous partons pour leur ferme de Cannetot près de Fécamp, parce qu'il y a là un petit bois divin, où viennent loger toutes les bécasses qui passent.

Vous connaissez les d'Orgemol, ces deux géants, ces deux Normands des premiers temps, ces deux mâles de la vieille et puissante race de conquérants qui envahit la France, prit et garda l'Angleterre, s'établit sur toutes les côtes du vieux monde, éleva des villes partout, passa comme un flot sur la Sicile[2] en y créant un art admirable, battit tous les rois,

1. Dans une lettre à Henri Amic du 17 août 1885, Maupassant précise que son premier mois de chasse est toujours pris par six ouvertures successives en Normandie et qu'il lui est impossible de changer l'ordre établi de ces chasses obligatoires; 2. Maupassant avait fait son premier voyage en Italie, au printemps de 1885. Il avait quitté Cannes en avril avec son ami le peintre Gervex et suivi la côte ligurienne jusqu'à Gênes, puis il avait visité Venise, Pise, Florence, Rome et Naples, où le critique d'art Vittorio Pica s'offrit à lui comme cicérone; son ami Henri Amic le rejoignit lorsqu'il descendit ensuite en Sicile au mois de mai, en compagnie du prince Pietro Lanza di Scalea; il parcourut l'île entière et le professeur Giuseppe Pipitone Federico lui fit admirer à Palerme la magnifique architecture de style roman normand; il visita ensuite la Calabre et remonta par Rome, où il rencontra son ami, le comte Primoli, avant de revenir en France, au début de juin.
Au XIᵉ siècle, les conquérants normands avaient fondé le royaume normand des Deux-Siciles qui, au XIIᵉ siècle, sous les rois Roger II et Guillaume II,

pilla les plus fières cités, roula les papes dans leurs ruses
de prêtres et les joua, plus madrée que ces pontifes italiens,
et surtout laissa des enfants dans tous les lits de la terre.
Les d'Orgemol sont deux Normands timbrés au meilleur
titre, ils ont tout des Normands, la voix, l'accent, l'esprit,
les cheveux blonds et les yeux couleur de la mer.

Quand nous sommes ensemble, nous parlons patois[1], nous
vivons, pensons, agissons en Normands, nous devenons des
Normands terriens plus paysans que nos fermiers.

Or, depuis quinze jours, nous attendions les bécasses.

Chaque matin, l'aîné, Simon, me disait : « Hé, v'là l' vent
qui passe à l'est, y va geler. Dans deux jours, elles viendront. »

Le cadet, Gaspard, plus précis, attendait que la gelée fût
venue pour l'annoncer.

Or, jeudi dernier, il entra dans ma chambre dès l'aurore
en criant :

« Ça y est, la terre est toute blanche. Deux jours comme
ça et nous allons à Cannetot. »

Deux jours plus tard, en effet, nous partions pour Cannetot. Certes, vous auriez ri en nous voyant. Nous nous dépla-
çons dans une étrange voiture de chasse que mon père fit
construire autrefois. Construire est le seul mot que je puisse
employer en parlant de ce monument voyageur, ou plutôt
de ce tremblement de terre roulant. Il y a de tout là-dedans :
caisses pour les provisions, caisses pour les armes, caisses
pour les malles, caisses à claire-voie pour les chiens. Tout y
est à l'abri, excepté les hommes, perchés sur des banquettes
à balustrades, hautes comme un troisième étage et portées

---

vit s'épanouir un art hybride et somptueux. La sévérité nordique s'y tempère
de la grâce chatoyante des plafonds arabes et des mosaïques byzantines à fond
d'or : « Saint-Étienne de Caen, amalgamé à la mosquée d'Omar et à Sainte-
Sophie : voilà ce que la Sicile du XIIᵉ siècle a rêvé et réalisé. »
    Le dôme de Cefalu, bâti par Roger II à partir de 1131, a précédé l'église de
la Martorana, fondée en 1143 par l'amiral Georges d'Antioche ; la chapelle
Palatine fut achevée la même année et le dôme de Monreale est l'œuvre de
Guillaume II. La Martorana et la chapelle Palatine de Palerme sont deux
bijoux finement ciselés tandis que les dômes des basiliques de Cefalu et de
Monreale sont de proportions colossales ; leurs façades flanquées de deux tours
rappellent Saint-Étienne de Caen. Maupassant décrit longuement ces mer-
veilles de l'art sicilien dans *la Vie errante.*

1. A Miromesnil, à Grainville-Ymauville, puis à Étretat, jusqu'à l'âge de
treize ans, le jeune Guy avait librement partagé les jeux des enfants de pêcheurs
et de paysans ; au petit séminaire d'Yvetot, il avait eu pour condisciples les
fils des riches fermiers cauchois, « l'aristocratie de la charrue », il parlait donc
véritablement avec aisance le patois normand.

par quatre roues gigantesques. On parvient là-dessus comme on peut, en se servant des pieds, des mains et même des dents à l'occasion, car aucun marchepied ne donne accès sur cet édifice.

Donc, les deux d'Orgemol et moi nous escaladons cette montagne, en des accoutrements de Lapons. Nous sommes vêtus de peaux de mouton, nous portons des bas de laine énormes par-dessus nos pantalons, et des guêtres par-dessus nos bas de laine; nous avons des coiffures en fourrure noire et des gants en fourrure blanche. Quand nous sommes installés, Jean, mon domestique, nous jette trois bassets, Pif, Paf et Moustache. Pif appartient à Simon, Paf à Gaspard et Moustache à moi. On dirait trois petits crocodiles à poil. Ils sont longs, bas, crochus, avec des pattes torses, et tellement velus qu'ils ont l'air de broussailles jaunes. A peine voit-on leurs yeux noirs sous leurs sourcils, et leurs crocs blancs sous leurs barbes. Jamais on ne les enferme dans les chenils roulants de la voiture. Chacun de nous garde le sien sous ses pieds pour avoir chaud.

Et nous voilà partis, secoués abominablement. Il gelait, il gelait ferme. Nous étions contents. Vers cinq heures nous arrivions. Le fermier, maître Picot, nous attendait devant la porte. C'est aussi un gaillard, pas grand, mais rond, trapu, vigoureux comme un dogue, rusé comme un renard, toujours souriant, toujours content et sachant faire argent de tout.

C'est grande fête pour lui, au moment des bécasses.

La ferme est vaste, un vieux bâtiment dans une cour à pommiers, entourée de quatre rangs de hêtres qui bataillent toute l'année contre le vent de mer.

Nous entrons dans la cuisine où flambe un beau feu en notre honneur.

Notre table est mise tout contre la haute cheminée où tourne et cuit, devant la flamme claire, un gros poulet dont le jus coule dans un plat de terre.

La fermière alors nous salue, une grande femme muette, très polie, tout occupée des soins de la maison, la tête pleine d'affaires et de chiffres, prix des grains, des volailles, des moutons, des bœufs. C'est une femme d'ordre, rangée et sévère, connue à sa valeur dans les environs.

Au fond de la cuisine s'étend la grande table où viendront s'asseoir tout à l'heure les valets de tout ordre, charretiers, laboureurs, goujats[1], filles de ferme, bergers; et tous ces gens mangeront en silence sous l'œil actif de la maîtresse, en nous regardant dîner avec maître Picot, qui dira des blagues pour rire. Puis, quand tout son personnel sera repu, Mme Picot prendra, seule, son repas rapide et frugal sur un coin de table, en surveillant la servante.

Aux jours ordinaires elle dîne avec tout son monde.

Nous couchons tous les trois, les d'Orgemol et moi, dans une chambre blanche, toute nue, peinte à la chaux, et qui contient seulement nos trois lits, trois chaises, et trois cuvettes.

Gaspard s'éveille toujours le premier, et sonne une diane[2] retentissante. En une demi-heure tout le monde est prêt et on part avec maître Picot qui chasse avec nous.

Maître Picot me préfère à ses maîtres. Pourquoi? sans doute parce que je ne suis pas son maître. Donc nous voilà tous les deux qui gagnons le bois par la droite, tandis que les deux frères vont attaquer par la gauche. Simon a la direction des chiens qu'il traîne tous les trois attachés au bout d'une corde.

Car nous ne chassons pas la bécasse, mais le lapin. Nous sommes convaincus qu'il ne faut pas chercher la bécasse, mais la trouver. On tombe dessus et on la tue, voilà. Quand on veut spécialement en rencontrer, on ne les pince jamais. C'est vraiment une chose belle et curieuse que d'entendre, dans l'air frais du matin, la détonation brève du fusil, puis la voix formidable de Gaspard emplir l'horizon et hurler : « Bécasse! Elle y est. »

Moi je suis sournois. Quand j'ai tué une bécasse, je crie : « Lapin! » Et je triomphe avec excès lorsqu'on sort les pièces du carnier, au déjeuner de midi. [...]

---

1. *Goujat :* valet de ferme (sans valeur péjorative); **2.** *Diane :* sonnerie de clairon ou de trompette qui se fait à la pointe du jour et indique le moment du réveil des soldats.

AMOUR[1]

TROIS PAGES DU LIVRE D'UN CHASSEUR

[...] Je suis né avec tous les instincts et les sens de l'homme primitif, tempérés par des raisonnements et des émotions de civilisé. J'aime la chasse avec passion ; et la bête saignante, le sang sur les plumes, le sang sur mes mains, me crispent le cœur à le faire défaillir.

Cette année-là, vers la fin de l'automne, les froids arrivèrent brusquement, et je fus appelé par un de mes cousins, Karl de Rauville, pour venir avec lui tuer des canards dans les marais au lever du jour.

Mon cousin, gaillard de quarante ans, roux, très fort et très barbu, gentilhomme de campagne, demi-brute aimable, d'un caractère gai, doué de cet esprit gaulois qui rend agréable la médiocrité, habitait une sorte de ferme-château dans une vallée large où coulait une rivière. Des bois couvraient les collines de droite et de gauche, vieux bois seigneuriaux où restaient des arbres magnifiques et où l'on trouvait les plus rares gibiers à plume de toute cette partie de la France. On y tuait des aigles quelquefois ; et les oiseaux de passage, ceux qui presque jamais ne viennent en nos pays trop peuplés, s'arrêtaient presque infailliblement dans ces branchages séculaires comme s'ils eussent connu ou reconnu un petit coin de forêt des anciens temps demeuré là pour leur servir d'abri en leur courte étape nocturne.

Dans la vallée, c'étaient de grands herbages arrosés par des rigoles et séparés par des haies ; puis, plus loin, la rivière, canalisée jusque-là, s'épandait en un vaste marais. Ce marais, la plus admirable région de chasse que j'aie jamais vue, était tout le souci de mon cousin qui l'entretenait comme un parc. A travers l'immense peuple de roseaux qui le couvrait, le faisait vivant, bruissant, houleux, on avait tracé d'étroites avenues où les barques plates, conduites et dirigées avec des perches, passaient, muettes, sur l'eau morte, frôlaient les joncs, faisaient fuir les poissons rapides à travers les herbes et plonger les poules sauvages dont la tête noire et pointue disparaissait brusquement.

1. Publié dans le *Gil Blas* du 7 décembre 1886, puis dans le recueil *le Horla* (1887).

J'aime l'eau d'une passion désordonnée : la mer, bien que trop grande, trop remuante, impossible à posséder, les rivières si jolies mais qui passent, qui fuient, qui s'en vont, et les marais surtout où palpite toute l'existence inconnue des bêtes aquatiques. Le marais c'est un monde entier sur la terre, monde différent, qui a sa vie propre, ses habitants sédentaires, et ses voyageurs de passage, ses voix, ses bruits et son mystère surtout. Rien n'est plus troublant, plus inquiétant, plus effrayant, parfois, qu'un marécage. Pourquoi cette peur qui plane sur ces plaines basses couvertes d'eau ? Sont-ce les vagues rumeurs des roseaux, les étranges feux follets, le silence profond qui les enveloppe dans les nuits calmes, ou bien les brumes bizarres, qui traînent sur les joncs comme des robes de mortes, ou bien encore l'imperceptible clapotement, si léger, si doux, et plus terrifiant parfois que le canon des hommes ou que le tonnerre du ciel, qui fait ressembler les marais à des pays de rêve, à des pays redoutables, cachant un secret inconnaissable et dangereux.

Non. Autre chose s'en dégage, un autre mystère, plus profond, plus grave, flotte dans les brouillards épais, le mystère même de la création peut-être ! Car n'est-ce pas dans l'eau stagnante et fangeuse, dans la lourde humidité des terres mouillées sous la chaleur du soleil, que remua, que vibra, que s'ouvrit au jour le premier germe de vie ?

J'arrivai le soir chez mon cousin. Il gelait à fendre les pierres.

Pendant le dîner, dans la grande salle dont les buffets, les murs, le plafond étaient couverts d'oiseaux empaillés, aux ailes étendues, ou perchés sur des branches accrochées par des clous, éperviers, hérons, hiboux, engoulevents, buses, tiercelets, vautours, faucons, mon cousin pareil lui-même à un étrange animal des pays froids, vêtu d'une jaquette en peau de phoque, me racontait les dispositions qu'il avait prises pour cette nuit même.

Nous devions partir à trois heures et demie du matin, afin d'arriver vers quatre heures et demie au point choisi pour notre affût. On avait construit à cet endroit une hutte avec des morceaux de glace pour nous abriter un peu contre le vent terrible qui précède le jour, ce vent chargé de froid qui déchire la chair comme des scies, la coupe comme des lames, la pique comme des aiguillons empoisonnés, la tord comme des tenailles, et la brûle comme du feu.

Mon cousin se frottait les mains : « Je n'ai jamais vu une gelée pareille, disait-il, nous avions déjà douze degrés sous zéro à six heures du soir. »

J'allai me jeter sur mon lit aussitôt après le repas, et je m'endormis à la lueur d'une grande flamme flamboyant dans ma cheminée.

A trois heures sonnantes on me réveilla. J'endossai, à mon tour, une peau de mouton et je trouvai mon cousin Karl couvert d'une fourrure d'ours. Après avoir avalé chacun deux tasses de café brûlant suivies de deux verres de fine champagne, nous partîmes accompagnés d'un garde et de nos chiens : Plongeon et Pierrot.

Dès les premiers pas dehors, je me sentis glacé jusqu'aux os. C'était une de ces nuits où la terre semble morte de froid. L'air gelé devient résistant, palpable tant il fait mal; aucun souffle ne l'agite; il est figé, immobile; il mord, traverse, dessèche, tue les arbres, les plantes, les insectes, les petits oiseaux eux-mêmes qui tombent des branches sur le sol dur, et deviennent durs aussi, comme lui, sous l'étreinte du froid.

La lune, à son dernier quartier, toute penchée sur le côté, toute pâle, paraissait défaillante au milieu de l'espace, et si faible qu'elle ne pouvait plus s'en aller, qu'elle restait là-haut, saisie aussi, paralysée par la rigueur du ciel. Elle répandait une lumière sèche et triste sur le monde, cette lueur mourante et blafarde qu'elle nous jette chaque mois, à la fin de sa résurrection.

Nous allions, côte à côte, Karl et moi, le dos courbé, les mains dans nos poches et le fusil sous le bras. Nos chaussures enveloppées de laine afin de pouvoir marcher sans glisser sur la rivière gelée ne faisaient aucun bruit; et je regardais la fumée blanche que faisait l'haleine de nos chiens.

Nous fûmes bientôt au bord du marais, et nous nous engageâmes dans une des allées de roseaux secs qui s'avançait à travers cette forêt basse.

Nos coudes, frôlant les longues feuilles en rubans laissaient derrière nous un léger bruit; et je me sentis saisi, comme je ne l'avais jamais été, par l'émotion puissante et singulière que font naître en moi les marécages. Il était mort, celui-là, mort de froid, puisque nous marchions dessus, au milieu de son peuple de joncs desséchés.

Tout à coup, au détour d'une des allées, j'aperçus la hutte de glace qu'on avait construite pour nous mettre à l'abri. J'y entrai, et comme nous avions encore près d'une heure à attendre le réveil des oiseaux errants, je me roulai dans ma couverture pour essayer de me réchauffer.

Alors, couché sur le dos, je me mis à regarder la lune déformée, qui avait quatre cornes à travers les parois vaguement transparentes de cette maison polaire.

Mais le froid du marais gelé, le froid de ces murailles, le froid tombé du firmament me pénétra bientôt d'une façon si terrible, que je me mis à tousser.

Mon cousin Karl fut pris d'inquiétude : « Tant pis si nous ne tuons pas grand'chose aujourd'hui, dit-il, je ne veux pas que tu t'enrhumes ; nous allons faire du feu. » Et il donna l'ordre au garde de couper des roseaux.

On en fit un tas au milieu de notre hutte défoncée au sommet pour laisser échapper la fumée ; et lorsque la flamme rouge monta le long des cloisons claires de cristal, elles se mirent à fondre, doucement, à peine, comme si ces pierres de glace avaient sué. Karl, resté dehors, me cria : « Viens donc voir ! » Je sortis et je restai éperdu d'étonnement. Notre cabane, en forme de cône, avait l'air d'un monstrueux diamant au cœur de feu poussé soudain sur l'eau gelée du marais. Et dedans, on voyait deux formes fantastiques, celles de nos chiens qui se chauffaient.

Mais un cri bizarre, un cri perdu, un cri errant, passa, sur nos têtes. La lueur de notre foyer réveillait les oiseaux sauvages.

Rien ne m'émeut comme cette première clameur de vie qu'on ne voit point et qui court dans l'air sombre, si vite, si loin, avant qu'apparaisse à l'horizon la première clarté des jours d'hiver. Il me semble à cette heure glaciale de l'aube, que ce cri fuyant emporté par les plumes d'une bête est un soupir de l'âme du monde !

Karl disait : « Éteignez le feu. Voici l'aurore. »

Le ciel en effet commençait à pâlir, et les bandes de canards traînaient de longues taches rapides vite effacées, sur le firmament.

Une lueur éclata dans la nuit, Karl venait de tirer ; et les deux chiens s'élancèrent.

Alors, de minute en minute, tantôt lui et tantôt moi, nous ajustions vivement dès qu'apparaissait au-dessus des roseaux l'ombre d'une tribu volante. Et Pierrot et Plongeon, essoufflés et joyeux, nous rapportaient des bêtes sanglantes dont l'œil quelquefois nous regardait encore.

Le jour s'était levé, un jour clair et bleu; le soleil apparaissait au fond de la vallée et nous songions à repartir, quand deux oiseaux, le col droit et les ailes tendues, glissèrent brusquement sur nos têtes. Je tirai. Un d'eux tomba presque à mes pieds. C'était une sarcelle au ventre d'argent. Alors, dans l'espace au-dessus de moi, une voix, une voix d'oiseau cria. Ce fut une plainte courte, répétée, déchirante; et la bête, la petite bête épargnée se mit à tourner dans le bleu du ciel au-dessus de nous en regardant sa compagne morte que je tenais entre mes mains.

Karl, à genoux, le fusil à l'épaule, l'œil ardent la guettait, attendant qu'elle fût assez proche.

« Tu as tué la femelle, dit-il, le mâle ne s'en ira pas. »

Certes, il ne s'en allait point; il tournoyait toujours, et pleurait autour de nous. Jamais gémissement de souffrance ne me déchira le cœur comme l'appel désolé, comme le reproche lamentable de ce pauvre animal perdu dans l'espace.

Parfois, il s'enfuyait sous la menace du fusil qui suivait son vol; il semblait prêt à continuer sa route, tout seul à travers le ciel. Mais ne s'y pouvant décider il revenait bientôt pour chercher sa femelle.

« Laisse-la par terre, me dit Karl, il approchera tout à l'heure. »

Il approchait, en effet, insouciant du danger, affolé par son amour de bête, pour l'autre bête que j'avais tuée.

Karl tira; ce fut comme si on avait coupé la corde qui tenait suspendu l'oiseau. Je vis une chose noire qui tombait; j'entendis dans les roseaux le bruit d'une chute. Et Pierrot me le rapporta.

Je les mis froids déjà, dans le même carnier... et je repartis, ce jour-là, pour Paris.

. . . .

———————

DEUX AMIS[1]

Paris était bloqué, affamé et râlant. Les moineaux se faisaient bien rares sur les toits, et les égouts se dépeuplaient. On mangeait n'importe quoi[2].

Comme il se promenait tristement par un clair matin de janvier le long du boulevard extérieur, les mains dans les poches de sa culotte d'uniforme et le ventre vide, M. Morissot, horloger de son état et pantouflard par occasion, s'arrêta net devant un confrère qu'il reconnut pour un ami. C'était M. Sauvage, une connaissance du bord de l'eau.

Chaque dimanche, avant la guerre, Morissot partait dès l'aurore, une canne en bambou d'une main, une boîte en fer-blanc sur le dos. Il prenait le chemin de fer d'Argenteuil, descendait à Colombes, puis gagnait à pied l'île Marante[3]. A peine arrivé en ce lieu de ses rêves, il se mettait à pêcher; il pêchait jusqu'à la nuit.

Chaque dimanche, il rencontrait là un petit homme replet et jovial, M. Sauvage, mercier, rue Notre-Dame-de-Lorette, autre pêcheur fanatique. Ils passaient souvent une demi-journée côte à côte, la ligne à la main et les pieds ballants au-dessus du courant, et ils s'étaient pris d'amitié l'un pour l'autre.

En certains jours, ils ne parlaient pas. Quelquefois ils causaient; mais ils s'entendaient admirablement sans rien dire, ayant des goûts semblables et des sensations identiques.

Au printemps, le matin, vers dix heures, quand le soleil rajeuni faisait flotter sur le fleuve tranquille cette petite buée qui coule avec l'eau, et versait dans le dos des deux enragés pêcheurs une bonne chaleur de saison nouvelle, Morissot parfois disait à son voisin : « Hein! quelle douceur! » et M. Sauvage répondait : « Je ne connais rien de meilleur. » Et cela leur suffisait pour se comprendre et s'estimer.

A l'automne, vers la fin du jour, quand le ciel, ensanglanté par le soleil couchant, jetait dans l'eau des figures de nuages écarlates, empourprait le fleuve entier, enflammait l'horizon, faisait rouge comme du feu entre les deux amis, et dorait

1. Publié dans le *Gil Blas* du 5 février 1883, puis dans le recueil : *Mademoiselle Fifi* (réimpression Havard, 1883); 2. Il s'agit de l'hiver 1870-1871 pendant le siège de Paris par les Allemands; 3. Voir carte, page 87.

les arbres roussis déjà, frémissants d'un frisson d'hiver,
M. Sauvage regardait en souriant Morissot et prononçait :
« Quel spectacle! » Et Morissot émerveillé répondait, sans
quitter des yeux son flotteur : « Cela vaut mieux que le
boulevard, hein? »

Dès qu'ils se furent reconnus, ils se serrèrent les mains
énergiquement, tout émus de se retrouver en des circonstances si différentes. M. Sauvage, poussant un soupir, murmura : « En voilà des événements! » Morissot, très morne,
gémit : « Et quel temps! C'est aujourd'hui le premier beau
jour de l'année. »

Le ciel était, en effet, tout bleu et plein de lumière.

Ils se mirent à marcher côte à côte, rêveurs et tristes,
Morissot reprit : « Et la pêche? hein! quel bon souvenir! »

M. Sauvage demanda : « Quand y retournerons-nous? »

Ils entrèrent dans un petit café et burent ensemble une
absinthe; puis ils se remirent à se promener sur les trottoirs.

Morissot s'arrêta soudain : « Une seconde verte, hein? »
M. Sauvage y consentit : « A votre disposition. » Et ils
pénétrèrent chez un autre marchand de vins.

Ils étaient fort étourdis en sortant, troublés comme des
gens à jeun dont le ventre est plein d'alcool. Il faisait doux.
Une brise caressante leur chatouillait le visage.

M. Sauvage, que l'air tiède achevait de griser, s'arrêta :
Si on y allait?

— Où ça?

— A la pêche, donc.

— Mais où?

— Mais à notre île. Les avant-postes français sont auprès
de Colombes. Je connais le colonel Dumoulin; on nous
laissera passer facilement. »

Morissot frémit de désir : « C'est dit. J'en suis. » Et ils
se séparèrent pour prendre leurs instruments.

Une heure après, ils marchaient côte à côte sur la grand'-
route. Puis ils gagnèrent la villa qu'occupait le colonel. Il
sourit de leur demande et consentit à leur fantaisie. Ils se
remirent en marche, munis d'un laissez-passer.

Bientôt ils franchirent les avant-postes, traversèrent
Colombes abandonné, et se trouvèrent au bord des petits
champs de vigne qui descendent vers la Seine. Il était
environ onze heures.

En face, le village d'Argenteuil semblait mort. Les

hauteurs d'Orgemont et de Sannois dominaient tout le pays. La grande plaine qui va jusqu'à Nanterre[1] était vide, toute vide, avec ses cerisiers nus et ses terres grises.

M. Sauvage, montrant du doigt les sommets, murmura : « Les Prussiens sont là-haut! » Et une inquiétude paralysait les deux amis devant ce pays désert.

Les Prussiens! Ils n'en avaient jamais aperçu mais ils les sentaient là depuis des mois, autour de Paris, ruinant la France, pillant, massacrant, affamant, invisibles et tout-puissants. Et une sorte de terreur superstitieuse s'ajoutait à la haine qu'ils avaient pour ce peuple inconnu et victorieux.

Morissot balbutia : « Hein! si nous allions en rencontrer? »

M. Sauvage répondit, avec cette gouaillerie parisienne reparaissant malgré tout :

« Nous leur offririons une friture. »

Mais ils hésitaient à s'aventurer dans la campagne, intimidés par le silence de tout l'horizon.

A la fin, M. Sauvage se décida : « Allons, en route! mais avec précaution. » Et ils descendirent dans un champ de vigne, courbés en deux, rampant, profitant des buissons pour se couvrir, l'œil inquiet, l'oreille tendue.

Une bande de terre nue restait à traverser pour gagner le bord du fleuve. Ils se mirent à courir; et dès qu'ils eurent atteint la berge, ils se blottirent dans les roseaux secs.

Morissot colla sa joue par terre pour écouter si on ne marchait pas dans les environs. Il n'entendit rien. Ils étaient bien seuls, tout seuls.

Ils se rassurèrent et se mirent à pêcher.

En face d'eux, l'île Marante abandonnée les cachait à l'autre berge. La petite maison du restaurant était close, semblait délaissée depuis des années.

M. Sauvage prit le premier goujon. Morissot attrapa le second, et d'instant en instant ils levaient leurs lignes avec une petite bête argentée frétillant au bout du fil; une vraie pêche miraculeuse.

Ils introduisaient délicatement les poissons dans une poche de filet à mailles très serrées, qui trempait à leurs pieds, et une joie délicieuse les pénétrait, cette joie qui vous saisit quand on retrouve un plaisir aimé dont on est privé depuis longtemps.

1. Voir carte, page 87.

Le bon soleil leur coulait sa chaleur entre les épaules; ils n'écoutaient plus rien; ils ne pensaient plus à rien; ils ignoraient le reste du monde; ils pêchaient.

Mais soudain un bruit sourd qui semblait venir de sous terre fit trembler le sol. Le canon se remettait à tonner.

Morissot tourna la tête, et par-dessus la berge il aperçut, là-bas, sur la gauche, la grande silhouette du Mont-Valérien[1], qui portait au front une aigrette blanche, une buée de poudre qu'il venait de cracher.

Et aussitôt un second jet de fumée partit du sommet de la forteresse; et quelques instants après une nouvelle détonation gronda.

Puis d'autres suivirent, et de moment en moment, la montagne jetait son haleine de mort, soufflait ses vapeurs laiteuses qui s'élevaient lentement dans le ciel calme, faisaient un nuage au-dessus d'elle.

M. Sauvage haussa les épaules : « Voilà qu'ils recommencent », dit-il.

Morissot, qui regardait anxieusement plonger coup sur coup la plume de son flotteur, fut pris soudain d'une colère d'homme paisible contre ces enragés qui se battaient ainsi, et il grommela : « Faut-il être stupide pour se tuer comme ça ! »

M. Sauvage reprit : « C'est pis que des bêtes. »

Et Morissot qui venait de saisir une ablette, déclara : « Et dire que ce sera toujours ainsi tant qu'il y aura des gouvernements. »

M. Sauvage l'arrêta : « La République[2] n'aurait pas déclaré la guerre... »

Morissot l'interrompit : « Avec les rois on a la guerre au dehors; avec la République on a la guerre au dedans. »

Et tranquillement ils se mirent à discuter, débrouillant les grands problèmes politiques avec une raison saine d'hommes doux et bornés, tombant d'accord sur ce point, qu'on ne serait jamais libres. Et le Mont-Valérien tonnait sans repos, démolissant à coups de boulet des maisons françaises, broyant des vies, écrasant des êtres, mettant fin à bien des rêves, à bien des joies attendues, à bien des bonheurs espérés, ouvrant en des cœurs de femmes, en des

---

1. Voir carte, page 87; 2. Le désastre de Sedan avait entraîné la chute de Napoléon III et la proclamation de la république. le 4 septembre 1870

cœurs de filles, en des cœurs de mères, là-bas, en d'autres pays, des souffrances qui ne finiraient plus.

« C'est la vie », déclara M. Sauvage.

« Dites plutôt que c'est la mort », reprit en riant Morissot.

Mais ils tressaillirent effarés, sentant bien qu'on venait de marcher derrière eux; et ayant tourné les yeux, ils aperçurent, debout contre leurs épaules, quatre hommes, quatre grands hommes armés et barbus, vêtus comme des domestiques en livrée et coiffés de casquettes plates, les tenant en joue au bout de leurs fusils.

Les deux lignes s'échappèrent de leurs mains et se mirent à descendre la rivière.

En quelques secondes, ils furent saisis, emportés, jetés dans une barque et passés dans l'île.

Et derrière la maison qu'ils avaient crue abandonnée, ils aperçurent une vingtaine de soldats allemands.

Une sorte de géant velu, qui fumait, à cheval sur une chaise, une grande pipe de porcelaine, leur demanda, en excellent français : « Eh bien, messieurs, avez-vous fait bonne pêche ? »

Alors un soldat déposa aux pieds de l'officier le filet plein de poissons qu'il avait eu soin d'emporter. Le Prussien sourit : « Eh ! eh ! je vois que ça n'allait pas mal. Mais il s'agit d'autre chose. Écoutez-moi et ne vous troublez pas.

« Pour moi, vous êtes deux espions envoyés pour me guetter. Je vous prends et je vous fusille. Vous faisiez semblant de pêcher, afin de mieux dissimuler vos projets. Vous êtes tombés entre mes mains, tant pis pour vous; c'est la guerre.

« Mais comme vous êtes sortis par les avant-postes, vous avez assurément un mot d'ordre pour rentrer. Donnez-moi ce mot d'ordre et je vous fais grâce. »

Les deux amis, livides, côte à côte, les mains agitées d'un léger tremblement nerveux, se taisaient.

L'officier reprit : « Personne ne le saura jamais, vous rentrerez paisiblement. Le secret disparaîtra avec vous. Si vous refusez, c'est la mort, et tout de suite. Choisissez ? »

Ils demeuraient immobiles sans ouvrir la bouche.

Le Prussien, toujours calme, reprit en étendant la main vers la rivière : « Songez que dans cinq minutes vous serez au fond de cette eau. Dans cinq minutes ! Vous devez avoir des parents ? »

Le Mont-Valérien tonnait toujours.

Les deux pêcheurs restaient debout et silencieux. L'Allemand donna des ordres dans sa langue. Puis il changea sa chaise de place pour ne pas se trouver trop près des prisonniers; et douze hommes vinrent se placer à vingt pas, le fusil au pied.

L'officier reprit : « Je vous donne une minute, pas deux secondes de plus. »

Puis il se leva brusquement, s'approcha des deux Français, prit Morissot sous le bras, l'entraîna plus loin, lui dit à voix basse : « Vite, ce mot d'ordre? Votre camarade ne saura rien, j'aurai l'air de m'attendrir. »

Morissot ne répondit rien.

Le Prussien entraîna alors M. Sauvage et lui posa la même question.

M. Sauvage ne répondit pas.

Ils se retrouvèrent côte à côte.

Et l'officier se mit à commander. Les soldats élevèrent leurs armes.

Alors le regard de Morissot tomba par hasard sur le filet plein de goujons, resté dans l'herbe, à quelques pas de lui.

Un rayon de soleil faisait briller le tas de poissons qui s'agitaient encore. Et une défaillance l'envahit. Malgré ses efforts, ses yeux s'emplirent de larmes.

Il balbutia : « Adieu, monsieur Sauvage. »

M. Sauvage répondit : « Adieu, monsieur Morissot. »

Ils se serrèrent la main, secoués des pieds à la tête par d'invincibles tremblements.

L'officier cria : « Feu! »

Les douze coups n'en firent qu'un.

M. Sauvage tomba d'un bloc sur le nez. Morissot, plus grand, oscilla, pivota et s'abattit en travers sur son camarade, le visage au ciel, tandis que des bouillons de sang s'échappaient de sa tunique crevée à la poitrine.

L'Allemand donna de nouveaux ordres.

Ses hommes se dispersèrent, puis revinrent avec des cordes et des pierres qu'ils attachèrent aux pieds des deux morts; puis ils les portèrent sur la berge.

Le Mont-Valérien ne cessait pas de gronder, coiffé maintenant d'une montagne de fumée.

Deux soldats prirent Morissot par la tête et par les jambes; deux autres saisirent M. Sauvage de la même façon. Les corps, un instant balancés avec force, furent lancés au loin, décrivirent une courbe, puis plongèrent, debout, dans le fleuve, les pierres entraînant les pieds d'abord.

L'eau rejaillit, bouillonna, frissonna, puis se calma, tandis que de toutes petites vagues s'en venaient jusqu'aux rives.

Un peu de sang flottait.

L'officier, toujours serein, dit à mi-voix : « C'est le tour des poissons maintenant. »

Puis il revint vers la maison.

Et soudain il aperçut le filet aux goujons dans l'herbe. Il le ramassa, l'examina, sourit, cria : « Wilhelm! »

Un soldat accourut, en tablier blanc. Et le Prussien, lui jetant la pêche des deux fusillés, commanda : « Fais-moi frire tout de suite ces petits animaux-là pendant qu'ils sont encore vivants. Ce sera délicieux. »

Puis il se remit à fumer sa pipe.

LE PARAPLUIE[1]

Mme Oreille était économe. Elle savait la valeur d'un sou et possédait un arsenal de principes sévères sur la multiplication de l'argent. Sa bonne, assurément, avait grand mal à faire danser l'anse du panier[2], et M. Oreille n'obtenait sa monnaie de poche qu'avec une extrême difficulté. Ils étaient à leur aise pourtant, et sans enfants. Mais Mme Oreille éprouvait une vraie douleur à voir les pièces blanches[3] sortir de chez elle. C'était comme une déchirure pour son cœur; et, chaque fois qu'il lui fallut faire une dépense de quelque importance, bien qu'indispensable, elle dormait fort mal la nuit suivante.

Oreille répétait sans cesse à sa femme :

« Tu devrais avoir la main plus large puisque nous ne mangeons jamais nos revenus. »

Elle répondait :

« On ne sait jamais ce qui peut arriver. Il vaut mieux avoir plus que moins. »

1. Publié dans *le Gaulois* du 10 février 1884, puis dans le recueil : *les Sœurs Rondoli* ; 2. Se dit d'une domestique qui majore indûment le prix des provisions qu'elle achète pour ses maîtres; 3. *Pièces blanches* : pièces d'argent de 1, 2 et 5 francs.

C'était une petite femme de quarante ans, vive, ridée, propre, et souvent irritée.

Son mari, à tout moment, se plaignait des privations qu'elle lui faisait endurer. Il en était certaines qui lui devenaient particulièrement pénibles, parce qu'elles atteignaient sa vanité.

Il était commis principal[1] au ministère de la Guerre, demeuré là uniquement pour obéir à sa femme, pour augmenter les rentes inutilisées de la maison.

Or, pendant deux ans, il vint au bureau avec le même parapluie rapiécé qui donnait à rire à ses collègues. Las enfin de leurs quolibets, il exigea que Mme Oreille lui achetât un nouveau parapluie. Elle en prit un de huit francs cinquante, article de réclame d'un grand magasin. Des employés, en apercevant cet objet jeté dans Paris par milliers, recommencèrent leurs plaisanteries, et Oreille en souffrit horriblement. Le parapluie ne valait rien. En trois mois, il fut hors de service, et la gaieté devint générale dans le Ministère. On fit même une chanson qu'on entendait du matin au soir, du haut en bas de l'immense bâtiment.

Oreille, exaspéré, ordonna à sa femme de lui choisir un nouveau riflard, en soie fine, de vingt francs, et d'apporter une facture justificative.

Elle en acheta un de dix-huit francs et déclara, rouge d'irritation, en le remettant à son époux :

« Tu en as là pour cinq ans au moins. »

Oreille, triomphant, obtint un vrai succès au bureau.

Lorsqu'il rentra le soir, sa femme jetant un regard inquiet sur le parapluie, lui dit :

« Tu ne devrais pas le laisser serré avec l'élastique, c'est le moyen de couper la soie. C'est à toi d'y veiller, parce que je ne t'en achèterai pas un de sitôt. »

Elle le prit, dégrafa l'anneau et secoua les plis. Mais elle demeura saisie d'émotion. Un trou rond, grand comme un centime, lui apparut au milieu du parapluie. C'était une brûlure de cigare.

Elle balbutia :

« Qu'est-ce qu'il a ? »

Son mari répondit tranquillement, sans regarder :

« Qui ? quoi ? Que veux-tu dire ? »

---

1. *Commis principal* : fonction peu élevée dans la hiérarchie administrative.

La colère l'étranglait maintenant; elle ne pouvait plus parler:

« Tu... tu... tu as brûlé... ton... ton... parapluie. Mais tu... tu... tu es donc fou!... Tu veux nous ruiner! »

Il se retourna, se sentant pâlir:

« Tu dis?

— Je dis que tu as brûlé ton parapluie. Tiens!... »

Et, s'élançant vers lui comme pour le battre, elle lui mit violemment sous le nez la petite brûlure circulaire.

Il restait éperdu devant cette plaie, bredouillant:

« Ça, ça... qu'est-ce que c'est? Je ne sais pas, moi! Je n'ai rien fait, rien, je te le jure. Je ne sais pas ce qu'il a, moi, ce parapluie! »

Elle criait maintenant:

« Je parie que tu as fais des farces avec lui dans ton bureau, que tu as fait le saltimbanque, que tu l'as ouvert pour le montrer. »

Il répondit:

« Je l'ai ouvert une seule fois pour montrer comme il il était beau. Voilà tout. Je te le jure. »

Mais elle trépignait de fureur, et elle lui fit une de ces scènes conjugales qui rendent le foyer familial plus redoutable pour un homme pacifique qu'un champ de bataille où pleuvent les balles.

Elle ajusta une pièce avec un morceau de soie coupé sur l'ancien parapluie, qui était de couleur différente; et, le lendemain, Oreille partit, d'un air humble, avec l'instrument raccommodé. Il le posa dans son armoire et n'y pensa plus que comme on pense à quelque mauvais souvenir.

Mais à peine fut-il rentré, le soir, sa femme lui saisit son parapluie dans les mains, l'ouvrit pour constater son état, et demeura suffoquée devant un désastre irréparable. Il était criblé de petits trous provenant évidemment de brûlures, comme si on eût vidé dessus la cendre d'une pipe allumée. Il était perdu, perdu sans remède.

Elle contemplait cela sans dire un mot, trop indignée pour qu'un son pût sortir de sa gorge. Lui aussi, il constatait le dégât et il restait stupéfait, épouvanté, consterné.

Puis ils se regardèrent; puis il baissa les yeux; puis il reçut par la figure l'objet crevé qu'elle lui jetait; puis elle cria, retrouvant sa voix dans un emportement de fureur:

« Ah! canaille! canaille! Tu en as fait exprès! Mais tu me le paieras! Tu n'en auras plus... »

Et la scène recommença. Après une heure de tempête, il put enfin s'expliquer. Il jura qu'il n'y comprenait rien ; que cela ne pouvait provenir que de malveillance ou de vengeance.

Un coup de sonnette le délivra. C'était un ami qui venait dîner chez eux.

Mme Oreille lui soumit le cas. Quant à acheter un nouveau parapluie, c'était fini, son mari n'en aurait plus.

L'ami argumenta avec raison :

« Alors, madame, il perdra ses habits qui valent, certes, davantage. »

La petite femme, toujours furieuse, répondit :

« Alors, il prendra un parapluie de cuisine, je ne lui en donnerai pas un nouveau en soie. »

A cette pensée, Oreille se révolta.

« Alors je donnerai ma démission, moi! Mais je n'irai pas au Ministère avec un parapluie de cuisine. »

L'ami reprit :

« Faites recouvrir celui-là, ça ne coûte pas très cher. »

Mme Oreille exaspérée, balbutiait :

« Il faut au moins huit francs pour le faire recouvrir. Huit francs et dix-huit, cela fait vingt-six! Vingt-six francs pour un parapluie, mais c'est de la folie! c'est de la démence! »

L'ami, bourgeois pauvre, eut une inspiration .

« Faites-le payer par votre Assurance. Les compagnies paient les objets brûlés, pourvu que le dégât ait eu lieu dans votre domicile. »

A ce conseil, la petite femme se calma net ; puis, après une minute de réflexion, elle dit à son mari :

« Demain, avant de te rendre à ton ministère, tu iras dans les bureaux de *la Maternelle* faire constater l'état de ton parapluie et réclamer le paiement. »

M. Oreille eut un soubresaut.

« Jamais de la vie, je n'oserai! C'est dix-huit francs de perdus, voilà tout. Nous n'en mourrons pas. »

Et il sortit le lendemain avec une canne. Il faisait beau heureusement.

Restée seule à la maison, Mme Oreille ne pouvait se consoler de la perte de ses dix-huit francs. Elle avait le parapluie sur la table de la salle à manger et elle tournait autour, sans parvenir à prendre une résolution.

La pensée de l'Assurance lui revenait à tout instant, mais

elle n'osait pas non plus affronter les regards railleurs des messieurs qui la recevaient, car elle était timide devant le monde, rougissant pour un rien, embarrassée dès qu'il lui fallait parler à des inconnus.

Cependant le regret des dix-huit francs la faisait souffrir comme une blessure. Elle n'y voulait plus songer, et sans cesse le souvenir de cette perte la martelait douloureusement. Que faire cependant? Les heures passaient; elle ne se décidait à rien. Puis, tout à coup, comme les poltrons qui deviennent crânes, elle prit sa résolution.

« J'irai, et nous verrons bien! »

Mais il lui fallait d'abord préparer le parapluie pour que le désastre fût complet et la cause facile à soutenir. Elle prit une allumette sur la cheminée et fit, entre les baleines, une grande brûlure, large comme la main; puis elle roula délicatement ce qui restait de la soie, la fixa avec le cordelet élastique, mit son châle et son chapeau et descendit d'un pied pressé vers la rue de Rivoli où se trouvait l'Assurance.

Mais, à mesure qu'elle approchait, elle ralentissait le pas. Qu'allait-elle dire? Qu'allait-on lui répondre?

Elle regardait les numéros des maisons. Elle en avait encore vingt-huit. Très bien! elle pouvait réfléchir. Elle allait de moins en moins vite. Soudain elle tressaillit. Voici la porte, sur laquelle brille en lettre d'or : « *La Maternelle*, Compagnie d'Assurance contre l'incendie ». Déjà! Elle s'arrêta une seconde, anxieuse, honteuse, puis passa, puis revint, puis passa de nouveau, puis revint encore.

Elle se dit enfin :

« Il faut y aller, pourtant. Mieux vaut plus tôt que plus tard. »

Mais, en pénétrant dans la maison, elle s'aperçut que son cœur battait.

Elle entra dans une vaste pièce avec des guichets tout autour; et, par chaque guichet, on apercevait une tête d'homme dont le corps était masqué par un treillage.

Un monsieur parut, portant des papiers. Elle s'arrêta et, d'une petite voix timide :

« Pardon, monsieur, pourriez-vous me dire où il faut s'adresser pour se faire rembourser les objets brûlés. »

Il répondit, avec un timbre sonore :

« Premier, à gauche, au bureau des sinistres. »

Ce mot l'intimida davantage encore; et elle eut envie de

se sauver, de ne rien dire, de sacrifier ses dix-huit francs. Mais, à la pensée de cette somme, un peu de courage lui revint, et elle monta, essoufflée, s'arrêtant à chaque marche.

Au premier, elle aperçut une porte, elle frappa. Une voix claire cria :

« Entrez! »

Elle entra et se vit dans une grande pièce où trois messieurs, debout, décorés, solennels, causaient.

Un d'eux lui demanda :

« Que désirez-vous, madame? »

Elle ne trouvait plus ses mots, elle bégaya :

« Je viens... je viens... pour... pour un sinistre. »

Le monsieur, poli, montra un siège.

« Donnez-vous la peine de vous asseoir, je suis à vous dans une minute. »

Et, se retournant vers les deux autres, il reprit la conversation.

« La Compagnie, messieurs, ne se croit pas engagée envers vous pour plus de quatre cent mille francs. Nous ne pouvons admettre vos revendications pour les cent mille francs que vous prétendez nous faire payer en plus. L'estimation d'ailleurs... »

Un des deux autres l'interrompit :

« Cela suffit, monsieur, les tribunaux décideront. Nous n'avons plus qu'à nous retirer. »

Et ils sortirent après plusieurs saluts cérémonieux.

Oh! si elle avait osé partir avec eux, elle l'aurait fait; elle aurait fui, abandonnant tout! Mais le pouvait-elle? Le monsieur revint et, s'inclinant :

« Qu'y a-t-il pour votre service, madame? »

Elle articula péniblement :

« Je viens pour... pour ceci. »

Le directeur baissa les yeux, avec un étonnement naïf, vers l'objet qu'elle lui tendait.

Elle essayait, d'une main tremblante, de détacher l'élastique. Elle y parvint après quelques efforts et ouvrit brusquement le squelette loqueteux du parapluie.

L'homme prononça, d'un ton compatissant :

« Il me paraît bien malade. »

Elle déclara avec hésitation :

« Il m'a coûté vingt francs. »

Il s'étonna :

« Vraiment! Tant que ça?

— Oui, il était excellent. Je voulais vous faire constater son état.

— Fort bien, je vois. Fort bien. Mais je ne saisis pas en quoi cela peut me concerner. »

Une inquiétude la saisit. Peut-être cette compagnie-là ne payait-elle pas les menus objets et elle dit :

« Mais... il est brûlé... »

Le monsieur ne nia pas :

« Je le vois bien. »

Elle restait bouche béante, ne sachant plus que dire; puis soudain, comprenant son oubli. elle prononça avec précipitation .

« Je suis Mme Oreille. Nous sommes assurés à *la Maternelle ;* et je viens vous réclamer le prix de ce dégât. »

Elle se hâta d'ajouter dans la crainte d'un refus positif :

« Je demande seulement que vous le fassiez recouvrir »

Le directeur, embarrassé, déclara

« Mais... madame... nous ne sommes pas marchands de parapluies. Nous ne pouvons nous charger de ces genres de réparations. »

La petite femme sentait l'aplomb lui revenir. Il fallait lutter. Elle lutterait donc! Elle n'avait plus peur; elle dit :

« Je demande seulement le prix de la réparation. Je la ferai bien faire moi-même. »

Le monsieur semblait confus :

« Vraiment, madame, c'est bien peu. On ne nous demande jamais d'indemnité pour des accidents d'une si minime importance. Nous ne pouvons rembourser, convenez-en, les mouchoirs, les gants, les balais, les savates, tous les petits objets qui sont exposés chaque jour à subir des avaries par la flamme. »

Elle devint rouge, sentait la colère l'envahir :

« Mais, monsieur, nous avons eu au mois de décembre dernier un feu de cheminée qui nous a causé au moins pour cinq cents francs de dégâts; M. Oreille n'a rien réclamé à la compagnie; aussi il est bien juste aujourd'hui qu'elle me paie mon parapluie! »

Le directeur, devinant le mensonge, dit en souriant :

« Vous avouerez, madame, qu'il est bien étonnant que M. Oreille, n'ayant rien demandé pour un dégât de cinq cents francs, vienne réclamer une réparation de cinq ou six francs pour un parapluie. »

Elle ne se troubla point et répliqua :

« Pardon, monsieur, le dégât de cinq cents francs concernait la bourse de M. Oreille, tandis que le dégât de dix-huit francs concerne la bourse de Mme Oreille, ce qui n'est pas la même chose. »

Il vit qu'il ne s'en débarrasserait pas et qu'il allait perdre sa journée, et il demanda avec résignation :

« Veuillez me dire alors comment l'accident est arrivé. »

Elle sentit la victoire et se mit à raconter :

« Voilà, monsieur; j'ai dans mon vestibule une espèce de chose en bronze où l'on pose les parapluies et les cannes. L'autre jour donc, en rentrant, je plaçai dedans celui-là. Il faut vous dire qu'il y a juste au-dessus une planchette pour mettre les bougies et les allumettes. J'allonge le bras et je prends quatre allumettes. J'en frotte une; elle rate. J'en frotte une autre; elle s'allume et s'éteint aussitôt. J'en frotte une troisième; elle en fait autant. »

Le directeur l'interrompit pour placer un mot d'esprit.

« C'étaient donc des allumettes du gouvernement ? »

Elle ne comprit pas et continua :

« Ça se peut bien. Toujours est-il que la quatrième prit feu et j'allumai ma bougie; puis j'entrai dans ma chambre pour me coucher. Mais au bout d'un quart d'heure il me sembla qu'on sentait le brûlé. Moi j'ai toujours peur du feu. Oh! si nous avons jamais un sinistre, ce ne sera pas ma faute! Surtout depuis le feu de cheminée dont je vous ai parlé, je ne vis pas. Je me relève donc, je sors, je cherche, je sens partout comme un chien de chasse et je m'aperçois enfin que mon parapluie brûle. C'est probablement une allumette qui était tombée dedans. Vous voyez dans quel état ça l'a mis... »

Le directeur en avait pris son parti; il demanda

« A combien estimez-vous le dégât ? »

Elle demeura sans parole, n'osant pas fixer un chiffre. Puis elle dit, voulant être large :

« Faites-le réparer vous-même. Je m'en rapporte à vous. »

Il refusa :

« Non, madame, je ne peux pas. Dites-moi combien vous demandez.

— Mais... il me semble que... Tenez, monsieur, je ne

peux pas gagner sur vous, moi... nous allons faire une chose. Je porterai mon parapluie chez un fabricant qui le recouvrira en bonne soie, en soie durable, et je vous apporterai la facture. Ça vous va-t-il ?

— Parfaitement, madame ; c'est entendu. Voici un mot pour la caisse, qui remboursera votre dépense. »

Et il tendit une carte à Mme Oreille, qui la saisit, puis se leva et sortit en remerciant, ayant hâte d'être dehors, de crainte qu'il ne changeât d'avis.

Elle allait maintenant d'un pas gai par la rue, cherchant un marchand de parapluies qui lui parût élégant. Quand elle eut trouvé une boutique d'allure riche, elle entra et dit, d'une voix assurée :

« Voici un parapluie à recouvrir en soie, en très bonne soie. Mettez-y ce que vous avez de meilleur. Je ne regarde pas au prix. »

L'ÂNE[1]

[Le drame des humbles, des simples d'esprit, des faibles torturés par bêtise, par inconscience ou par avarice est un thème qui revient à plusieurs reprises sous la plume de Maupassant. Le conteur n'oublie pas les animaux suppliciés qui, dans des contes comme *Coco, Mademoiselle Cocotte, Pierrot, Sur les chats* sont victimes de la cruauté imbécile des hommes, comme l'est, dans *Mont-Oriol,* le chien qui explose.]

Aucun souffle d'air ne passait dans la brume épaisse endormie sur le fleuve. C'était comme un nuage de coton terne posé sur l'eau. Les berges elles-mêmes restaient indistinctes, disparues sous de bizarres vapeurs festonnées comme des montagnes. Mais le jour étant près d'éclore, le coteau commençait à devenir visible. A son pied, dans les lueurs naissantes de l'aurore, apparaissaient peu à peu les grandes taches blanches des maisons cuirassées de plâtre. Des coqs chantaient dans les poulaillers.

Là-bas, de l'autre côté de la rivière, ensevelie sous le brouillard, juste en face de la Frette[2], un bruit léger trou-

---

1. Publié dans *le Gaulois* du 15 juillet 1883, puis dans le recueil *Miss Harriet* en 1884 ; **2.** Cf carte, page 87.

blait par moments le grand silence du ciel sans brise. C'était
tantôt un vague clapotis, comme la marche prudente d'une
barque, tantôt un coup sec, comme un choc d'aviron sur un
bordage, tantôt comme la chute d'un objet mou dans l'eau.
Puis, plus loin.

Et parfois des paroles basses, venues on ne sait d'où,
peut-être de très loin, peut-être de très près, errantes dans
ces brumes opaques, nées sur la terre ou sur le fleuve, glissaient, timides aussi, passaient comme ces oiseaux sauvages
qui ont dormi dans les joncs et qui partent aux premières
pâleurs du ciel, pour fuir encore, pour fuir toujours, et
qu'on aperçoit une seconde traversant la brume à tire-d'aile
en poussant un cri doux et craintif qui réveille leurs frères
le long des berges.

Soudain, près de la rive, contre le village, une ombre
apparut sur l'eau, à peine indiquée d'abord; puis elle grandit,
s'accentua, et, sortant du rideau nébuleux jeté sur la rivière,
un bateau plat, monté par deux hommes, vint s'échouer
contre l'herbe.

Celui qui ramait se leva et prit au fond de l'embarcation
un seau plein de poissons; puis il jeta sur son épaule l'éper-
vier encore ruisselant. Son compagnon, qui n'avait pas
remué, prononça : « Apporte ton fusil, nous allons dégoter
quéque lapin dans les berges, hein, Mailloche ? »

L'autre répondit :

« Ça me va. Attends-moi, je te rejoins. »

Et il s'éloigna pour mettre à l'abri leur pêche.

L'homme resté dans la barque bourra lentement sa pipe
et l'alluma.

Il s'appelait Labouise, dit Chicot, et était associé avec son
compère Maillochon, vulgairement appelé Mailloche, pour
exercer la profession louche et vague de ravageurs[1].

Mariniers de bas étage, ils ne naviguaient régulièrement
que dans les mois de famine. Le reste du temps ils rava-
geaient. Rôdant jour et nuit sur le fleuve, guettant toute
proie morte ou vivante, braconniers d'eau, chasseurs noc-
turnes, sortes d'écumeurs d'égouts, tantôt à l'affût des

---

1. *Ravageurs.* Ce mot pittoresque et qui prête à équivoque était, en fait,
un nom de métier qui désignait ceux qui lavaient le sable des rivières pour y
recueillir les parcelles de débris métalliques. Il existe, non loin du pont d'As-
nières, sur la Seine, une petite île qui porte le nom d'« île des Ravageurs »
où Eugène Sue situe le chapitre vi du tome V de ses *Mystères de Paris.* Cf. carte,
page 87

chevreuils de la forêt de Saint-Germain, tantôt à la recherche
des noyés filant entre deux eaux et dont ils soulageaient les
poches, ramasseurs de loques flottantes, de bouteilles vides
qui vont au courant la gueule en l'air avec un balancement
d'ivrognes, de morceaux de bois partis à la dérive, Labouise
et Maillochon se la coulaient douce.

Par moments, ils partaient à pied, vers midi, et s'en allaient
en flânant devant eux. Ils dînaient dans quelque auberge de
la rive et repartaient encore côte à côte. Ils demeuraient
absents un jour ou deux; puis un matin on les revoyait
rôdant dans l'ordure qui leur servait de bateau.

Là-bas, à Joinville, à Nogent[1], des canotiers désolés
cherchaient leur embarcation disparue une nuit, détachée
et partie, volée sans doute; tandis qu'à vingt ou trente lieues
de là, sur l'Oise, un bourgeois propriétaire se frottait les
mains en admirant le canot acheté d'occasion, la veille,
pour cinquante francs, à deux hommes qui le lui avaient
vendu, comme ça, en passant, le lui ayant offert spontané-
ment sur la mine.

Maillochon reparut avec son fusil enveloppé dans une
loque. C'était un homme de quarante ou cinquante ans,
grand, maigre, avec cet œil vif qu'ont les gens tracassés par
des inquiétudes légitimes, et les bêtes souvent traquées. Sa
chemise ouverte laissait voir sa poitrine velue d'une toison
grise. Mais il semblait n'avoir jamais eu d'autre barbe qu'une
brosse de courtes moustaches et une pincée de poils raides
sous la lèvre inférieure. Il était chauve des tempes.

Quand il enlevait la galette de crasse qui lui servait de
casquette, la peau de sa tête semblait couverte d'un duvet
vaporeux, d'une ombre de cheveux, comme le corps d'un
poulet plumé qu'on va flamber.

Chicot, au contraire, rouge et bourgeonneux, gros, court
et poilu, avait l'air d'un bifteck cru caché dans un bonnet
de sapeur. Il tenait sans cesse fermé l'œil gauche comme s'il
visait quelque chose ou quelqu'un, et quand on le plaisan-
tait sur ce tic, en lui criant : « Ouvre l'œil, Labouise », il
répondait d'un ton tranquille : « Aie pas peur, ma sœur,
je l'ouvre à l'occase[2]. » Il avait d'ailleurs cette habitude
d'appeler tout le monde « ma sœur », même son compagnon
ravageur.

---

1. En amont de Paris; 2. *Occase :* forme populaire du mot « occasion ».

Il reprit à son tour les avirons; et la barque de nouveau s'enfonça dans la brume immobile sur le fleuve, mais qui devenait blanche comme du lait dans le ciel éclairé de lueurs roses.

Labouise demanda :

« Qué plomb qu' t'as pris, Maillochon? »

Maillochon répondit :

« Du tout p'tit, du neuf, c'est c' qui faut pour le lapin. »

Ils approchaient de l'autre berge si lentement, si doucement, qu'aucun bruit ne les révélait. Cette berge appartient à la forêt de Saint-Germain et limite les tirés aux lapins. Elle est couverte de terriers cachés sous les racines d'arbres; et les bêtes, à l'aurore, gambadent là-dedans, vont, viennent, entrent et sortent.

Maillochon, à genoux à l'avant, guettait, le fusil caché sur le plancher de la barque. Soudain il le saisit, visa, et la détonation roula longtemps par la calme campagne.

Labouise, en deux coups de rame, toucha la berge, et son compagnon, sautant à terre, ramassa un petit lapin gris, tout palpitant encore.

Puis le bateau s'enfonça de nouveau dans le brouillard pour regagner l'autre rive et se mettre à l'abri des gardes.

Les deux hommes semblaient maintenant se promener doucement sur l'eau. L'arme avait disparu sous la planche qui servait de cachette, et le lapin dans la chemise bouffante de Chicot.

Au bout d'un quart d'heure, Labouise demanda :

« Allons, ma sœur, encore un. »

Maillochon répondit :

« Ça me va, en route. »

Et la barque repartit, descendant vivement le courant. Les brumes qui couvraient le fleuve commençaient à se lever. On apercevait, comme à travers un voile, les arbres des rives; et le brouillard déchiré s'en allait au fil de l'eau, par petits nuages.

Quand ils approchèrent de l'île dont la pointe est devant Herblay[1], les deux hommes ralentirent leur marche et recommencèrent à guetter. Puis bientôt un second lapin fut tué.

Ils continuèrent ensuite à descendre jusqu'à mi-route de

1. Voir carte, page 87.

Conflans[1] ; puis ils s'arrêtèrent, amarrèrent leur bateau contre un arbre, et, se couchant au fond, s'endormirent.

De temps en temps, Labouise se soulevait et, de son œil ouvert, parcourait l'horizon. Les dernières vapeurs du matin s'étaient évaporées et le grand soleil d'été montait, rayonnant, dans le ciel bleu.

Là-bas, de l'autre côté de la rivière, le coteau planté de vignes s'arrondissait en demi-cercle. Une seule maison se dressait au faîte, dans un bouquet d'arbres. Tout était silencieux.

Mais sur le chemin de halage quelque chose remuait doucement, avançant à peine. C'était une femme traînant un âne. La bête, ankylosée, raide et rétive, allongeait une jambe de temps en temps, cédant aux efforts de sa compagne quand elle ne pouvait plus s'y refuser ; et elle allait ainsi le cou tendu, les oreilles couchées, si lentement qu'on ne pouvait prévoir quand elle serait hors de vue.

La femme tirait, courbée en deux et se retournait parfois pour frapper l'âne avec une branche. Labouise, l'ayant aperçue, prononça :

« Ohé ! Mailloche ? »

Mailloche répondit :

« Qué qu'y a ?

— Veux-tu rigoler ?

— Tout de même.

— Allons, secoue-toi, ma sœur, j'allons rire. »

Et Chicot prit les avirons.

Quand il eut traversé le fleuve et qu'il fut en face du groupe, il cria :

« Ohé, ma sœur ! »

La femme cessa de traîner sa bourrique et regarda. Labouisse reprit :

« Vas-tu à la foire aux locomotives ? »

La femme ne répondit rien. Chicot continua :

« Ohé ! dis, il a été primé à la course, ton bourri. Ousque tu l' conduis, de c'te vitesse ? »

La femme, enfin, répondit :

« Je vais chez Macquart, aux Champioux, pour l' faire abattre. Il ne vaut pu rien. »

Labouise répondit :

---

1. Voir carte, page 87.

« J' te crois. Et combien qu'y t'en donnera, Macquart ? »

La femme, qui s'essuyait le front du revers de la main, hésita :

« J' sais ti ? P't-être trois francs, p't-être quatre ? »

Chicot s'écria :

« J' t'en donne cent sous, et v'là ta course faite, c'est pas peu. »

La femme, après une courte réflexion, prononça :

« C'est dit. »

Et les ravageurs abordèrent.

Labouise saisit la bride de l'animal. Maillochon, surpris, demanda :

« Qué que tu veux faire de c'te peau ? »

Chicot, cette fois, ouvrit son autre œil pour exprimer sa gaieté. Toute sa figure rouge grimaçait de joie; il gloussa :

« Aie pas peur, ma sœur, j'ai mon truc. »

Il donna cent sous à la femme, qui s'assit sur le fossé pour voir ce qui allait arriver.

Alors Labouise, en belle humeur, alla chercher le fusil, et le tendant à Maillochon :

« Chacun son coup, ma vieille; nous allons chasser le gros gibier, ma sœur, pas si près que ça, nom d'un nom, ti vas l' tuer du premier. Faut faire durer l' plaisir un peu. »

Et il plaça son compagnon à quarante pas de la victime.

L'âne, se sentant libre, essayait de brouter l'herbe haute de la berge, mais il était tellement exténué qu'il vacillait sur ses jambes comme s'il allait tomber.

Maillochon l'ajusta lentement et dit :

« Un coup de sel aux oreilles, attention, Chicot. »

Et il tira.

Le plomb menu cribla les longues oreilles de l'âne, qui se mit à les secouer vivement, les agitant tantôt l'une après l'autre, tantôt ensemble, pour se débarrasser de ce picotement.

Les deux hommes riaient à se tordre, courbés, tapant du pied. Mais la femme indignée s'élança, ne voulant pas qu'on martyrisât son bourri, offrant de rendre les cent sous, furieuse et geignante.

Labouise la menaça d'une tripotée, et fit mine de relever ses manches. Il avait payé, n'est-ce pas ? Alors zut. Il allait lui en tirer un dans les jupes, pour lui montrer qu'on ne sentait rien.

Et elle s'en alla en les menaçant des gendarmes. Longtemps ils l'entendirent qui criait des injures plus violentes à mesure qu'elle s'éloignait.

Maillochon, tendit le fusil à son camarade.

« A toi, Chicot. »

Labouise ajusta et fit feu. L'âne reçut la charge dans les cuisses, mais le plomb était si petit et tiré de si loin qu'il se crut sans doute piqué des taons. Car il se mit à s'émoucher de sa queue avec force, se battant les jambes et le dos.

Labouise s'assit pour rire à son aise, tandis que Maillochon rechargeait l'arme, si joyeux qu'il semblait éternuer dans le canon.

Il s'approcha de quelques pas et, visant le même endroit que son camarade, il tira de nouveau. La bête, cette fois, fit un soubresaut, essaya de ruer, tourna la tête. Un peu de sang coulait enfin. Elle avait été touchée profondément, et une souffrance aiguë se déclara, car elle se mit à fuir sur la berge, d'un galop lent, boiteux et saccadé.

Les deux hommes s'élancèrent à sa poursuite, Maillochon à grandes enjambées, Labouise à pas pressés, courant d'un trot essoufflé de petit homme.

Mais l'âne, à bout de forces, s'était arrêté, et il regardait, d'un œil éperdu, venir ses meurtriers. Puis, tout à coup, il tendit la tête et se mit à braire.

Labouise, haletant, avait pris le fusil. Cette fois, il s'approcha tout près, n'ayant pas envie de recommencer la course.

Quand le baudet eut fini de pousser sa plainte lamentable, comme un appel de secours, un dernier cri d'impuissance, l'homme, qui avait son idée, cria : « Maillloche, ohé! ma sœur, amène-toi, je vas lui faire prendre médecine. » Et, tandis que l'autre ouvrait de force la bouche serrée de l'animal, Chicot lui introduisait au fond du gosier le canon de son fusil, comme s'il eût voulu lui faire boire un médicament; puis il dit :

« Ohé! ma sœur, attention, je verse la purge. »

Et il appuya sur la gâchette. L'âne recula de trois pas, tomba sur le derrière, tenta de se relever et s'abattit à la fin sur le flanc en fermant les yeux. Tout son vieux corps pelé palpitait; ses jambes s'agitaient comme s'il eût voulu courir.

Un flot de sang lui coulait entre les dents. Bientôt il ne remua plus. Il était mort.

Les deux hommes ne riaient pas, ça avait été fini trop vite, ils étaient volés.

Maillochon demanda :

« Eh bien, qué que j'en faisons à c't' heure ? »

Labouise répondit :

« Aie pas peur, ma sœur, embarquons-le ; j'allons rigoler à la nuit tombée. »

Et ils allèrent chercher la barque. Le cadavre de l'animal fut couché dans le fond, couvert d'herbes fraîches, et les deux rôdeurs, s'étendant dessus, se rendormirent.

Vers midi, Labouise tira des coffres secrets de leur bateau vermoulu et boueux un litre de vin, un pain, du beurre et des oignons crus, et ils se mirent à manger.

Quand leur repas fut terminé, ils se couchèrent de nouveau sur l'âne mort et recommencèrent à dormir. A la nuit tombante, Labouise se réveilla et, secouant son camarade, qui ronflait comme un orgue, il commanda :

« Allons, ma sœur, en route. »

Et Maillochon se mit à ramer. Ils remontaient la Seine tout doucement, ayant du temps devant eux. Ils longeaient les berges couvertes de lis d'eau fleuris, parfumées par les aubépines penchant sur le courant leurs touffes blanches ; et la lourde barque, couleur de vase, glissait sur les grandes feuilles plates des nénuphars, dont elle courbait les fleurs pâles, rondes et fendues comme des grelots, qui se redressaient ensuite.

Lorsqu'ils furent au mur de l'Éperon, qui sépare la forêt de Saint-Germain du parc de Maisons-Laffitte[1], Labouise arrêta son camarade et lui exposa son projet, qui agita Maillochon d'un rire silencieux et prolongé.

Ils jetèrent à l'eau les herbes étendues sur le cadavre, prirent la bête par les pieds, la débarquèrent et s'en furent la cacher dans un fourré.

Puis ils remontèrent dans leur barque et gagnèrent Maisons-Laffitte.

La nuit était tout à fait noire quand ils entrèrent chez le père Jules, traiteur et marchand de vins. Dès qu'il les aperçut, le commerçant s'approcha, leur serra les mains et prit place à leur table, puis on causa de choses et d'autres.

1 Voir carte, page 87.

Vers onze heures, le dernier consommateur étant parti, le père Jules, clignant de l'œil, dit à Labouise :

« Hein, y en a-t-il ? »

Labouise fit un mouvement de tête et prononça :

« Y en a et y en a pas, c'est possible. »

Le restaurateur insista :

« Des gris, rien que des gris, peut-être ? »

Alors, Chicot, plongeant la main dans sa chemise de laine, tira les oreilles d'un lapin et déclara :

« Ça vaut trois francs la paire. »

Alors, une longue discussion commença sur le prix. On convint de deux francs soixante-cinq. Et les deux lapins furent livrés.

Comme les maraudeurs se levaient, le père Jules qui les guettait, prononça :

« Vous avez autre chose, mais vous ne voulez pas le dire. »

Labouise riposta :

« C'est possible, mais pas pour toi, t' es trop chien. »

L'homme, allumé, le pressait.

« Hein, du gros, allons, dis quoi, on pourra s'entendre. »

Labouise, qui semblait perplexe, fit mine de consulter Maillochon de l'œil, puis il répondit d'une voix lente :

« V'là l'affaire. J'étions embusqués à l'Éperon quand quéque chose nous passe dans le premier buisson à gauche, au bout du mur.

« Mailloche y lâche un coup, ça tombe. Et je filons, vu les gardes. Je peux pas te dire ce que c'est, vu que je l'ignore. Pour gros, c'est gros. Mais quoi ? si je te le disais, je te tromperais, et tu sais, ma sœur, entre nous, cœur sur la main. »

L'homme, palpitant, demanda :

« C'est-i pas un chevreuil ? »

Labouise reprit :

« Ça s' peut bien, ça ou autre chose ? Un chevreuil ?... oui... C'est p't-être pu gros ? Comme qui dirait une biche. Oh ! j' te dis pas qu' c'est une biche, vu que j' l'ignore, mais ça s' peut ! »

Le gargotier insistait :

« P't-être un cerf ? »

Labouisse étendit la main :

« Ça non ! Pour un cerf, c'est pas un cerf, j' te trompe pas, c'est pas un cerf. J' l'aurais vu, attendu les bois. Non pour un cerf, c'est pas un cerf. »

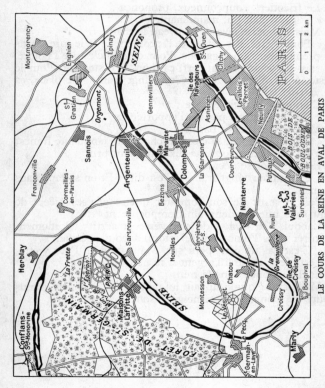

LE COURS DE LA SEINE EN AVAL DE PARIS

Les noms géographiques cités dans les contes sont indiqués en caractères gras.

— Pourquoi que vous l'avez pas pris ? demanda l'homme.

— Pourquoi, ma sœur, parce que je vendons sur place, désormais. J'ai preneur. Tu comprends, on va flâner par là, on trouve la chose, on s'en empare. Pas de risques pour Bibi. Voilà. »

Le fricotier[1], soupçonneux, prononça :

« S'il n'y était pu, maintenant. »

Mais Labouise leva de nouveau la main :

« Pour y être, il y est, je te l' promets, je te le jure. Dans le premier buisson à gauche. Pour ce que c'est, je l'ignore. J' sais que c'est pas un cerf, ça, non, j'en suis sûr. Pour le reste, à toi d'y aller voir. C'est vingt francs sur place, ça te va-t-il ? »

L'homme hésitait encore :

« Tu ne pourrais pas me l'apporter ? »

Maillochon prit la parole :

« Alors pu de jeu. Si c'est un chevreuil, cinquante francs ; si c'est une biche, soixante-dix ; voilà nos prix. »

Le gargotier se décida :

« Ça va pour vingt francs. C'est dit. » Et on se tapa dans la main. »

Puis il sortit de son comptoir quatre grosses pièces de cent sous que les deux amis empochèrent.

Labouise se leva, vida son verre et sortit ; au moment d'entrer dans l'ombre, il se retourna pour spécifier :

« C'est pas un cerf, pour sûr. Mais, quoi ?... Pour y être, il y est. Je te rendrai l'argent si tu ne trouves rien. »

Et il s'enfonça dans la nuit.

Maillochon, qui le suivait, lui tapait dans le dos de grands coups de poing pour témoigner son allégresse.

YVETTE

[Cette nouvelle fut publiée dans *le Figaro* du 29 août au 9 septembre 1884. Le thème avait déjà été ébauché plus brièvement par Maupassant dans un conte intitulé *Yveline Samoris* publié

---

1. *Fricotier* : gargotier ; les deux mots appartiennent à la langue populaire.

le 20 octobre 1880, dans *le Gaulois*. Nous détachons ici du récit
le passage où l'écrivain donne une description de la fameuse Grenouillère que Renoir aimait à fréquenter ; le restaurant Fournaise,
situé dans l'île de Croissy, a inspiré au peintre l'immortel *Déjeuner des canotiers* (1881). Dans *la Femme de Paul* d'abord, puis,
plus tard, dans *le Horla*, Maupassant évoque ce cadre qui lui est
cher tout d'abord en ce qu'il est lié aux souvenirs de ses jeunes
années de joyeux canotier et également parce que le paysage qu'il
décrit est celui que l'on voyait de la villa « Printemps » qu'habi-
taient les Viardot, intimes de Tourguéniev ; celui-ci avait d'ailleurs
la disposition d'un pavillon dans la propriété, où son jeune ami
venait sans doute souvent le retrouver.]

[...] La villa « Printemps », louée par la marquise Obardi[1],
se trouvait à mi-hauteur du coteau, juste à la courbe de la
Seine qui venait tourner devant le mur du jardin, coulant
vers Marly[2].

En face de la demeure, l'île de Croissy formait un horizon
de grands arbres, une masse de verdure, et on voyait un
long bout du large fleuve jusqu'au café flottant de la Grenouillère caché sous les feuillages.

Ils arrivèrent à la partie de l'île plantée en parc et ombra-
gée d'arbres immenses. Des couples erraient sous les hauts
feuillages, le long de la Seine, où glissaient les canots.
C'étaient des filles avec des jeunes gens, des ouvrières avec
leurs amants qui allaient en manches de chemise, la redingote sur le bras, le haut chapeau en arrière, d'un air pochard
et fatigué, des bourgeois avec leurs familles, les femmes
endimanchées et les enfants trottinant comme une couvée
de poussins autour de leurs parents.

Une rumeur lointaine et continue de voix humaines, une
clameur sourde et grondante annonçait l'établissement cher
aux canotiers.

Ils l'aperçurent tout à coup. Un immense bateau, coiffé
d'un toit, amarré contre la berge, portait un peuple de
femelles et de mâles attablés et buvant, ou bien debout,
criant, chantant, gueulant, dansant, cabriolant au bruit d'un
piano geignard, faux et vibrant comme un chaudron. [...]

Les buveurs, autour des tables, engloutissaient des liquides
blancs, rouges, jaunes, verts, et criaient, vociféraient sans
raison, cédant à un besoin violent de faire du tapage, à un

---

1. *Obardi :* nom d'emprunt de la mère d'Yvette ; **2.** Voir carte, page 87.

besoin de brutes d'avoir les oreilles et le cerveau pleins de vacarme.

De seconde en seconde un nageur, debout sur le toit, sautait à l'eau, jetant une pluie d'éclaboussures sur les consommateurs les plus proches, qui poussaient des hurlements de sauvages.

Et sur le fleuve une flotte d'embarcations passait. Les yoles longues et minces filaient, enlevées à grands coups d'aviron par les rameurs aux bras nus, dont les muscles roulaient sous la peau brûlée. Les canotières en robe de flanelle bleue ou de flanelle rouge, une ombrelle, rouge ou bleue aussi, ouverte sur la tête, éclatante sous l'ardent soleil, se renversaient dans leur fauteuil à l'arrière des barques et semblaient courir sur l'eau, dans une pose immobile et endormie.

Des bateaux plus lourds s'en venaient lentement, chargés de monde. Un collégien en goguette, voulant faire le beau, ramait avec des mouvements d'ailes de moulin, et se heurtait à tous les canots, dont tous les canotiers l'engueulaient, puis il disparaissait éperdu, après avoir failli noyer deux nageurs, poursuivi par les vociférations de la foule entassée dans le grand café flottant.

Yvette, radieuse, passait au bras de Servigny au milieu de cette foule bruyante et mêlée, semblait heureuse de ces coudoiements suspects, dévisageait les filles d'un œil tranquille et bienveillant.

« Regardez celle-là, Muscade[1], quels jolis cheveux elle a! Elles ont l'air de s'amuser beaucoup. »

Comme le pianiste, un canotier vêtu de rouge et coiffé d'une sorte de colossal chapeau parasol en paille, attaquait une valse, Yvette saisit brusquement son compagnon par les reins et l'enleva avec cette furie qu'elle mettait à danser. Ils allèrent si longtemps et si frénétiquement que tout le monde les regardait. Les consommateurs, debout sur les tables, battaient une sorte de mesure avec leurs pieds; d'autres heurtaient les verres; et le musicien semblait devenir enragé, tapait les touches d'ivoire avec des bondissements de la main, des gestes fous de tout le corps, en balançant éperdument sa tête abritée de son immense couvre-chef.

Tout d'un coup, il s'arrêta, et, se laissant glisser par

---

1. Surnom familier que la jeune fille donne à Servigny.

terre, s'affaissa tout du long sur le sol enseveli sous sa coif-
fure, comme s'il était mort de fatigue. Un grand rire éclata
dans le café, et tout le monde applaudit.

Quatre amis se précipitèrent comme on fait dans les
accidents, et, ramassant leur camarade, l'emportèrent par
les quatre membres, après avoir posé sur son ventre l'espèce
de toit dont il se coiffait.

Un farceur les suivant entonna le *De Profundis*, et une
procession se forma derrière le faux mort, se déroulant
par les chemins de l'île, entraînant à la suite les consommateurs, les promeneurs, tous les gens qu'on rencontrait.

Yvette s'élança, ravie, riant de tout son cœur, causant
avec tout le monde, affolée par le mouvement et le bruit.[...]

La procession allait toujours, accélérant son allure, car
les quatre porteurs avaient pris le pas de course, suivis par
la foule hurlante. Mais, tout à coup, ils se dirigèrent vers la
berge, s'arrêtèrent net en arrivant au bord, balancèrent un
instant leur camarade, puis, le lâchant tous les quatre en
même temps, le lancèrent dans la rivière.

Un immense cri de joie jaillit de toutes les bouches, tandis
que le pianiste, étourdi, barbotait, jurait, toussait, crachait
de l'eau, et, embourbé dans la vase, s'efforçait de remonter
au rivage.

Son chapeau, qui s'en allait au courant, fut rapporté par
une barque.

Yvette dansait de plaisir en battant des mains et répétant :
« Oh! Muscade, comme je m'amuse, comme je m'amuse! »

MOUCHE

SOUVENIR D'UN CANOTIER

[Dans ce conte publié dans *l'Écho de Paris* du 7 février 1890,
puis dans le recueil *l'Inutile Beauté* en avril 1890, Maupassant se
rappelle le cadre des parties de canotage de sa jeunesse en compagnie
d'amis dont certains lui sont restés très chers.]

[...] Que de fois j'ai eu envie d'écrire un petit livre, titré
« Sur la Seine », pour raconter cette vie de force et d'insou-
ciance, de gaieté et de pauvreté, de fête robuste et tapageuse
que j'ai menée de vingt à trente ans.

J'étais un employé sans le sou : maintenant, je suis un homme arrivé qui peut jeter des grosses sommes pour un caprice d'une seconde. J'avais au cœur mille désirs modestes et irréalisables qui me doraient l'existence de toutes les attentes imaginaires. Aujourd'hui, je ne sais pas vraiment quelle fantaisie me pourrait faire lever du fauteuil où je somnole. Comme c'était simple, et bon, et difficile de vivre ainsi, entre le bureau à Paris et la rivière à Argenteuil[1] ! Ma grande, ma seule, mon absorbante passion, pendant dix ans, ce fut la Seine. Ah ! la belle, calme, variée et puante rivière pleine de mirage et d'immondices ! Je l'ai tant aimée, je crois, parce qu'elle m'a donné, me semble-t-il, le sens de la vie ! Ah ! les promenades le long des berges fleuries, mes amies les grenouilles qui rêvaient, le ventre au frais, sur une feuille de nénuphar, et les lis d'eau coquets et frêles, au milieu des grandes herbes fines qui m'ouvraient soudain, derrière un saule, un feuillet d'album japonais quand le martin-pêcheur fuyait devant moi comme une flamme bleue ! Ai-je aimé tout cela, d'un amour instinctif des yeux qui se répandait dans tout mon corps en une joie naturelle et profonde !

Comme d'autres ont des souvenirs de nuits tendres, j'ai des souvenirs de levers de soleil dans les brumes matinales, flottantes, errantes vapeurs, blanches comme des mortes avant l'aurore, puis, au premier rayon glissant sur les prairies, illuminées de rose à ravir le cœur ; et j'ai des souvenirs de lune argentant l'eau frémissante et courante, d'une lueur qui faisait fleurir tous les rêves.

Et tout cela, symbole de l'éternelle illusion, naissait pour moi sur de l'eau croupie qui charriait vers la mer toutes les ordures de Paris.

Puis quelle vie gaie avec les camarades ! Nous étions cinq, une bande, aujourd'hui des hommes graves ; et comme nous étions tous pauvres, nous avions fondé, dans une affreuse gargote d'Argenteuil, une colonie inexprimable qui ne possédait qu'une chambre-dortoir où j'ai passé les plus folles soirées, certes, de mon existence. Nous n'avions souci de rien que de nous amuser et de ramer, car l'aviron pour nous, sauf pour un, était un culte. Je me rappelle de si singulières aventures, de si invraisemblables farces, inventées par ces

---

1. Voir carte, page 87.

Phot. Giraudon.

AUGUSTE RENOIR : LE DÉJEUNER DES CANOTIERS

cinq chenapans, que personne aujourd'hui ne les pourrait croire. On ne vit plus ainsi, même sur la Seine, car la fantaisie enragée qui nous tenait en haleine est morte dans les âmes actuelles.

A nous cinq, nous possédions un seul bateau, acheté à grand'peine et sur lequel nous avons ri comme nous ne rirons plus jamais. C'était une large yole un peu lourde, mais solide, spacieuse et confortable. Je ne vous ferai point le portrait de mes camarades. Il y en avait un petit, très malin, surnommé Petit Bleu; un grand, à l'air sauvage, avec des yeux gris et des cheveux noirs, surnommé Tomahawk; un autre, spirituel et paresseux, surnommé La Tôque, le seul qui ne touchât jamais une rame sous prétexte qu'il ferait chavirer le bateau; un mince, élégant, très soigné, surnommé : N'a-qu'un-Œil » en souvenir d'un roman alors récent de Cladel[1], et parce qu'il portait un monocle; enfin moi qu'on avait baptisé Joseph Prunier[2].

LA PEUR

[Le thème de la peur est un des thèmes de prédilection de Maupassant. Le conte d'où est extrait le passage suivant parut dans *le Figaro* du 25 juillet 1884, puis dans le recueil *Yvette* en 1885. Maupassant avait, sous le même titre, *la Peur*, publié dans *le Gaulois* du 23 octobre 1882 un autre conte où il donnait cette définition : « La peur (et les hommes les plus hardis peuvent avoir peur), c'est quelque chose d'effroyable, une sensation atroce, comme une décomposition de l'âme, un spasme affreux de la pensée et du cœur, dont le souvenir donne des frissons d'angoisse. Mais cela n'a lieu, quand on est brave, ni devant une attaque, ni devant la mort inévitable, ni devant toutes les formes connues du péril : cela a lieu dans certaines circonstances anormales, sous certaines influences mystérieuses, en face de risques vagues. La vraie peur, c'est comme une réminiscence des terreurs fantastiques d'autrefois. »]

---

1. *Léon Cladel* (1835-1892); **2.** Les cinq amis dont parle Maupassant sont facilement identifiés à l'exception de Tomahawk. *Petit Bleu*, c'est L. Fontaine; *La Tôque*, le fidèle R. Pinchon; *N'a-qu'un-Œil*, M. de Joinville; *Joseph Prunier*, c'est évidemment Maupassant.

[L'auteur et un voyageur âgé engagent la conversation dans un wagon de chemin de fer. Le voyageur dit :]

« Comme la terre devait être troublante autrefois, quand elle était si mystérieuse!

A mesure qu'on lève les voiles sur l'inconnu, on dépeuple l'imagination des hommes. Vous ne trouvez pas, monsieur, que la nuit est bien vide et d'un noir bien vulgaire depuis qu'elle n'a plus d'apparitions.

On se dit : « Plus de fantastique, plus de croyances étranges, tout l'inexpliqué est explicable. Le surnaturel baisse comme un lac qu'un canal épuise; la science, de jour en jour, recule les limites du merveilleux. »

Eh bien, moi, monsieur, j'appartiens à la vieille race naïve accoutumée à ne pas comprendre, à ne pas chercher, à ne pas savoir, faite aux mystères environnants et qui se refuse à la simple et nette vérité.

Oui, monsieur, on a dépeuplé l'imagination en supprimant l'invisible. Notre terre m'apparaît aujourd'hui comme un monde abandonné, vide et nu. Les croyances sont parties qui la rendaient poétique.

Quand je sors, la nuit, comme je voudrais frissonner de cette angoisse qui fait se signer les vieilles femmes le long des murs des cimetières et se sauver les derniers superstitieux devant les vapeurs étranges des marais et les fantasques feux follets! Comme je voudrais croire à ce quelque chose de vague et de terrifiant qu'on s'imaginait sentir passer dans l'ombre.

Comme l'obscurité des soirs devait être sombre, terrible, autrefois, quand elle était pleine d'êtres fabuleux, inconnus, rôdeurs, méchants, dont on ne pouvait deviner les formes, dont l'appréhension glaçait le cœur, dont la puissance occulte passait les bornes de notre pensée, et dont l'atteinte était inévitable!

Avec le surnaturel, la vraie peur a disparu de la terre, car on n'a vraiment peur que de ce qu'on ne comprend pas. Les dangers visibles peuvent émouvoir, troubler, effrayer! Qu'est cela auprès de la convulsion que donne à l'âme la pensée qu'on va rencontrer un spectre errant, qu'on va subir l'étreinte d'un mort, qu'on va voir accourir une de ces bêtes effroyables qu'inventa l'épouvante des hommes? Les ténèbres me semblent claires depuis qu'elles ne sont plus hantées. »

[...] Il répéta : « On n'a vraiment peur que de ce qu'on ne comprend pas. »

Et tout à coup un souvenir me vint, le souvenir d'une histoire que nous conta Tourgueneff[1], un dimanche, chez Gustave Flaubert.

L'a-t-il écrite quelque part, je n'en sais rien.

Personne plus que le grand romancier russe ne sut faire passer dans l'âme ce frisson de l'inconnu voilé, et, dans la demi-lumière d'un conte étrange, laisser entrevoir tout un monde de choses inquiétantes, incertaines, menaçantes.

Avec lui, on la sent bien, la peur vague de l'Invisible, la peur de l'inconnu qui est derrière le mur, derrière la porte, derrière la vie apparente. Avec lui, nous sommes brusquement traversés par des lumières douteuses, qui éclairent seulement assez pour augmenter notre angoisse.

Il semble nous montrer parfois la signification de coïncidences bizarres, de rapprochements inattendus de circonstances en apparence fortuites, mais que guiderait une volonté cachée et sournoise. On croit sentir, avec lui, un fil imperceptible qui nous guide d'une façon mystérieuse à travers la vie, comme à travers un rêve nébuleux dont le sens nous échappe sans cesse.

Il n'entre point hardiment dans le surnaturel, comme Edgar Poe[2] ou Hoffmann[3]; il raconte des histoires simples où se mêle seulement quelque chose d'un peu vague et d'un peu troublant.

Il nous dit aussi, ce jour-là : « On n'a vraiment peur que de ce qu'on ne comprend point. »

Il était assis, ou plutôt affaissé dans un grand fauteuil, les bras pendants, les jambes allongées et molles, la tête toute blanche, noyée dans ce grand flot de barbe et de cheveux d'argent qui lui donnait l'aspect d'un Père éternel ou d'un Fleuve d'Ovide.

Il parlait lentement, avec une certaine paresse qui donnait du charme aux phrases et une certaine hésitation de la langue un peu lourde qui soulignait la justesse colorée des

---

1. *Tourgueneff* (on écrirait aujourd'hui *Tourguéniev*) [1818-1883]. C'est effectivement chez Flaubert que Maupassant rencontra Tourguéniev, qui contribua à l'orienter vers la forme littéraire du roman; 2. *Edgar Poe* : écrivain américain (1809-1849), que les traductions de Baudelaire rendirent célèbre vers 1850 et qui exerça une influence certaine sur un certain aspect de la littérature française; 3. *Hoffmann* : écrivain allemand (1776-1822), auteur de contes célèbres qui, à partir de 1830, eurent en France un succès considérable.

mots. Son œil pâle, grand ouvert, reflétait, comme un œil d'enfant, toutes les émotions de sa pensée.

Il nous raconta ceci :

Il chassait, étant jeune homme, dans une forêt de Russie. Il avait marché tout le jour et il arriva, vers la fin de l'après-midi, sur le bord d'une calme rivière.

Elle coulait sous les arbres, dans les arbres, pleine d'herbes flottantes, profonde, froide et claire.

Un besoin impérieux saisit le chasseur de se jeter dans cette eau transparente. Il se dévêtit et s'élança dans le courant. C'était un très grand et très fort garçon, vigoureux et hardi nageur.

Tout à coup une main se posa sur son épaule.

Il se retourna d'une secousse et il aperçut un être effroyable qui le regardait avidement.

Cela ressemblait à une femme ou à une guenon. Elle avait une figure énorme, plissée, grimaçante et qui riait. Deux choses innommables, deux mamelles sans doute, flottaient devant elle, et des cheveux démesurés, mêlés, roussis par le soleil, entouraient son visage et flottaient sur son dos.

Tourgueneff se sentit traversé par la peur hideuse, la peur glaciale des choses surnaturelles.

Sans réfléchir, sans songer, sans comprendre, il se mit à nager éperdument vers la rive. Mais le monstre nageait plus vite encore et il lui touchait le cou, le dos, les jambes, avec des petits ricanements de joie. Le jeune homme, fou d'épouvante, toucha la berge, enfin, et s'élança de toute sa vitesse à travers le bois, sans même penser à retrouver ses habits et son fusil.

L'être effroyable le suivit, courant aussi vite que lui et grognant toujours.

Le fuyard, à bout de forces et perclus par la terreur, allait tomber, quand un enfant qui gardait des chèvres accourut, armé d'un fouet ; il se mit à frapper l'affreuse bête humaine, qui se sauva en poussant des cris de douleur. Et Tourgueneff la vit disparaître dans le feuillage, pareille à une femelle de gorille.

C'était une folle, qui vivait depuis plus de trente ans dans ce bois, de la charité des bergers, et qui passait la moitié de ses jours à nager dans la rivière.

Le grand écrivain russe ajouta : « Je n'ai jamais eu si peur de ma vie, parce que je n'ai pas compris ce que pouvait être ce monstre. »

Mon compagnon à qui j'avais dit cette aventure, reprit : « Oui, on n'a peur que de ce qu'on ne comprend pas. On n'éprouve vraiment l'affreuse convulsion de l'âme, qui s'appelle l'épouvante, que lorsque se mêle à la peur un peu de la terreur superstitieuse des siècles passés. Moi, j'ai ressenti cette épouvante dans toute son horreur, et cela pour une chose si simple, si bête, que j'ose à peine la dire.

Je voyageais en Bretagne, tout seul, à pied[1]. J'avais parcouru le Finistère, les landes désolées, les terres nues où ne pousse que l'ajonc, à côté des grandes pierres sacrées, des pierres hantées. J'avais visité, la veille, la sinistre pointe du Raz, ce bout du vieux monde, où se battent éternellement deux océans : l'Atlantique et la Manche; j'avais l'esprit plein de légendes, d'histoires lues ou racontées sur cette terre des croyances et des superstitions.

Et j'allais de Penmarch à Pont-l'Abbé, de nuit. Connaissez-vous Penmarch? Un rivage plat, tout plat, tout bas, plus bas que la mer, semble-t-il. On la voit partout, menaçante et grise, cette mer pleine d'écueils baveux comme des bêtes furieuses.

J'avais dîné dans un cabaret de pêcheurs, et je marchais maintenant sur la route droite, entre deux landes. Il faisait très noir.

De temps en temps, une pierre druidique, pareille à un fantôme debout, semblait me regarder passer et, peu à peu entrait en moi une appréhension vague; de quoi? Je n'en savais rien. Il est des soirs où l'on se croit frôlé par des esprits, où l'âme frissonne sans raison, où le cœur bat sous la crainte confuse de ce quelque chose d'invisible que je regrette, moi.

---

1. Maupassant avait fait une première excursion en Bretagne en septembre 1879; puis au cours de l'été 1882, il fait, tout seul, à pied, un voyage en Bretagne qui est une sorte de pèlerinage émouvant puisqu'il visite les lieux qu'en 1847 Flaubert avait parcourus en compagnie de Maxime Du Camp. Le journal de route de ce voyage rédigé alternativement par Flaubert et Du Camp fut édité partiellement en 1885, puis en 1910 sous le titre : *Par les champs et par les grèves*. Comme son maître, Maupassant va, sac au dos, par les petits sentiers. Il avait donné de sa première excursion une chronique au *Gaulois* : *le Pays des Korrigans*, publiée le 10 décembre 1880. Une chronique, datée de juillet 1882, relate son second voyage et paraît sous le titre *En Bretagne* dans la *Nouvelle Revue* du 1er janvier 1884. Les deux textes furent republiés dans le volume *Au soleil* (1884).

Elle me semblait longue, cette route, longue et vide interminablement.

Aucun bruit que le ronflement des flots, là-bas, derrière moi, et parfois ce bruit monotone et menaçant semblait tout près, si près, que je les croyais sur mes talons, courant par la plaine avec leur front d'écume, et que j'avais envie de me sauver, de fuir à toutes jambes devant eux.

Le vent, un vent bas soufflant par rafales, faisait siffler les ajoncs autour de moi. Et, bien que j'allasse très vite, j'avais froid dans les bras et dans les jambes : un vilain froid d'angoisse.

Oh! comme j'aurais voulu rencontrer quelqu'un!

Il faisait si noir que je distinguais à peine la route, maintenant.

Et tout à coup j'entendis devant moi, très loin, un roulement. Je pensai : « Tiens, une voiture. » Puis je n'entendis plus rien.

Au bout d'une minute, je perçus distinctement le même bruit, plus proche.

Je ne voyais aucune lumière, cependant; mais je me dis : « Ils n'ont pas de lanterne. Quoi d'étonnant dans ce pays sauvage. »

Le bruit s'arrêta encore, puis reprit. Il était trop grêle pour que ce fût une charrette; et je n'entendais point d'ailleurs le trot du cheval, ce qui m'étonnait, car la nuit était calme.

Je cherchais : « Qu'est-ce que cela? »

Il approchait très vite, très vite! Certes, je n'entendais rien qu'une roue — aucun battement de fers ou de pieds, — rien. Qu'était-ce que cela?

Il était tout près, tout près; je me jetai dans un fossé par un mouvement de peur instinctive, et je vis passer contre moi une brouette qui courait... toute seule, personne ne la poussant... Oui... une brouette... toute seule!...

Mon cœur se mit à bondir si violemment que je m'affaissai sur l'herbe et j'écoutais le roulement de la roue qui s'éloignait, qui s'en allait vers la mer. Et je n'osais plus me lever, ni marcher, ni faire un mouvement; car si elle était revenue, si elle m'avait poursuivi, je serais mort de terreur.

Je fus longtemps à me remettre, bien longtemps. Et je fis le reste du chemin avec une telle angoisse dans l'âme que le moindre bruit me coupait l'haleine.

Est-ce bête, dites? Mais quelle peur! En y réfléchissant, plus tard, j'ai compris; un enfant, nu-pieds, la menait sans doute cette brouette; et moi, j'ai cherché la tête d'un homme à la hauteur ordinaire!

Comprenez-vous cela... quand on a déjà dans l'esprit un frisson de surnaturel... une brouette qui court... toute seule... Quelle peur! »

Il se tut une seconde, puis reprit :

« Tenez, monsieur, nous assistons à un spectacle curieux et terrible : cette invasion du choléra!

Vous sentez le phénol dont ces wagons sont empoisonnés, c'est qu'il est là quelque part.

Il faut voir Toulon[1], en ce moment. Allez, on sent bien qu'il est là, Lui. Et ce n'est pas la peur d'une maladie qui affole ces gens. Le choléra, c'est autre chose, c'est l'Invisible, c'est un fléau d'autrefois, des temps passés, une sorte d'Esprit malfaisant qui revient et qui nous étonne autant qu'il nous épouvante, car il appartient, semble-t-il, aux âges disparus.

Les médecins me font rire avec leur microbe. Ce n'est pas un insecte qui terrifie les hommes au point de les faire sauter par les fenêtres; c'est le choléra, l'être inexprimable et terrible venu du fond de l'Orient.

Traversez Toulon, on danse dans les rues.

Pourquoi danser en ces jours de mort? On tire des feux d'artifice dans la campagne autour de la ville; on allume des feux de joie; des orchestres jouent des airs joyeux sur toutes les promenades publiques.

Pourquoi cette folie?

C'est qu'Il est là, c'est qu'on le brave, non pas le Microbe, mais le Choléra, et qu'on veut être crâne devant lui, comme auprès d'un ennemi caché qui vous guette. C'est pour lui qu'on danse, qu'on rit, qu'on crie, qu'on allume ces feux, qu'on joue ces valses, pour lui, l'Esprit qui tue, et qu'on sent partout présent, invisible, menaçant, comme un de ces anciens génies du mal que conjuraient les prêtres barbares. » [...]

1. Au printemps de 1884 se produisit une épidémie de choléra qui débuta à Toulon; un soldat d'infanterie de marine, débarqué la veille du navire de guerre *Shamrock*, mourut le 26 avril; ce fut le point de départ de la contagion qui s'étendit au reste de la France, atteignit Paris en juillet, et détermina une certaine panique dans la population. Cf. Lettres de Maupassant, à sa mère (1884), à M^IIe X (22 juillet 1884), à son éditeur Havard (2 octobre 1884).

LE HORLA

[Une première version du *Horla* parut le 26 octobre 1886 dans le *Gil Blas*. La version définitive que nous donnons ici fut publiée en volume chez Ollendorff en 1887 et eut un succès considérable. On peut retrouver une esquisse de ce thème dans la *Lettre d'un fou* parue dans le *Gil Blas* du 17 février 1885 et non republiée. L'éditeur du volume avait eu l'idée de faire baptiser un ballon dirigeable du nom du *Horla*. Maupassant fit une ascension à bord de ce ballon le 7 juillet 1887. Il atterrit à Heyst à l'embouchure de l'Escaut. L'exploit fit tant de bruit que Maupassant dut intervenir en ces termes auprès de son éditeur : « La pluie d'échos tombée sur les journaux au sujet de mon voyage en ballon m'a attiré beaucoup de railleries et quelques ennuis. Je vous en prie, arrêtez ce torrent. Ce n'est pas moi qui ai eu l'idée de donner à un ballon le nom de mon livre et j'ai l'air maintenant pour tout le monde d'avoir fait un tambour de ce ballon... » (Lettre du 15 juillet 1887.)

Maupassant avait publié dans *le Figaro* du 16 juillet 1887 une chronique intitulée *De Paris à Heyst* où il donnait le récit de ses impressions d'aéronaute.]

8 mai. — Quelle journée admirable ! j'ai passé toute la matinée étendu sur l'herbe, devant ma maison, sous l'énorme platane qui la couvre, l'abrite et l'ombrage tout entière.

J'aime ce pays, et j'aime y vivre parce que j'y ai mes racines, ces profondes et délicates racines, qui attachent un homme à la terre où sont nés et morts ses aïeux, qui l'attachent à ce qu'on pense et à ce qu'on mange, aux usages comme aux nourritures, aux locutions locales, aux intonations des paysans, aux odeurs du sol, des villages et de l'air lui-même.

J'aime ma maison où j'ai grandi[1]. De mes fenêtres, je vois la Seine qui coule, le long de mon jardin, derrière la route, presque chez moi, la grande et large Seine qui va de Rouen au Havre, couverte de bateaux qui passent.

A gauche, là-bas, Rouen, la vaste ville aux toits bleus, sous le peuple pointu des clochers gothiques. Ils sont innombrables, frêles ou larges, dominés par la flèche de

---

1. Ce paysage, que Maupassant décrit, est celui qu'on voyait de la maison de Flaubert à Croisset. « Ce paysage, dit René Dumesnil, revient à travers l'œuvre entière de Maupassant, comme un thème musical, grave, profond, harmonieux, évocateur du pays natal sous son aspect le plus grandiose. » (On le retrouve dans l'*Etude sur Flaubert* le conte *Un Normand*, et dans *Bel-Ami*, lorsque Georges Duroy rend visite à ses parents.)

fonte de la cathédrale, et pleins de cloches qui sonnent dans l'air bleu des belles matinées, jetant jusqu'à moi leur doux et lointain bourdonnement de fer, leur chant d'airain que la brise m'apporte, tantôt plus fort et tantôt plus affaibli, suivant qu'elle s'éveille ou s'assoupit.

Comme il faisait bon ce matin!

Vers onze heures, un long convoi de navires, traînés par un remorqueur, gros comme une mouche, et qui râlait de peine en vomissant une fumée épaisse défila devant ma grille.

Après deux goëlettes anglaises, dont le pavillon rouge ondoyait sur le ciel, venait un superbe trois-mâts brésilien, tout blanc, admirablement propre et luisant. Je le saluai, je ne sais pourquoi, tant ce navire me fit plaisir à voir.

12 mai. — J'ai un peu de fièvre depuis quelques jours; je me sens souffrant, ou plutôt je me sens triste.

D'où viennent ces influences mystérieuses qui changent en découragement notre bonheur et notre confiance en détresse? On dirait que l'air, l'air invisible est plein d'inconnaissables Puissances, dont nous subissons les voisinages mystérieux. Je m'éveille plein de gaieté, avec des envies de chanter dans la gorge. — Pourquoi? — Je descends le long de l'eau; et soudain, après une courte promenade, je rentre désolé, comme si quelque malheur m'attendait chez moi. — Pourquoi? — Est-ce un frisson de froid qui, frôlant ma peau, a ébranlé mes nerfs et assombri mon âme? Est-ce la forme des nuages, ou la couleur du jour, la couleur des choses, si variable, qui, passant par mes yeux, a troublé ma pensée? Sait-on? Tout ce qui nous entoure, tout ce que nous voyons sans le regarder, tout ce que nous frôlons sans le connaître, tout ce que nous touchons sans le palper, tout ce que nous rencontrons sans le distinguer, a sur nous, sur nos organes et, par eux, sur nos idées, sur notre cœur lui-même, des effets rapides, surprenants et inexplicables.

Comme il est profond, ce mystère de l'Invisible! Nous ne le pouvons sonder avec nos sens misérables, avec nos yeux qui ne savent apercevoir ni le trop petit, ni le trop grand, ni le trop près, ni le trop loin, ni les habitants d'une étoile, ni les habitants d'une goutte d'eau.. avec nos oreilles qui nous trompent, car elles nous transmettent les vibrations de l'air en notes sonores. Elles sont des fées qui font ce miracle de changer en bruit ce mouvement et par cette métamorphose donnent naissance à la musique, qui rend chantante l'agitation muette de la nature... avec notre odorat, plus faible que celui du chien... avec notre goût, qui peut à peine discerner l'âge d'un vin!

Ah! si nous avions d'autres organes qui accompliraient en notre faveur d'autres miracles, que de choses nous pourrions découvrir encore autour de nous!

16 mai. — Je suis malade, décidément! Je me portais si bien le mois dernier! J'ai la fièvre, une fièvre atroce ou plutôt un énervement fiévreux, qui rend mon âme aussi souffrante que mon corps. J'ai sans cesse cette sensation affreuse d'un danger menaçant, cette appréhension d'un malheur qui vient ou de la mort qui approche, ce pressentiment qui est sans doute l'atteinte d'un mal encore inconnu, germant dans le sang et dans la chair.

18 mai. — Je viens d'aller consulter mon médecin, car je ne pouvais plus dormir. Il m'a trouvé le pouls rapide, l'œil dilaté, les nerfs vibrants, mais sans aucun symptôme alarmant. Je dois me soumettre aux douches et boire du bromure de potassium[1].

25 mai. — Aucun changement! Mon état, vraiment, est bizarre. A mesure qu'approche le soir, une inquiétude incompréhensible m'envahit, comme si la nuit cachait pour moi une menace terrible. Je dîne vite, puis j'essaye de lire; mais je ne comprends pas les mots; je distingue à peine les lettres. Je marche alors dans mon salon de long en large, sous l'oppression d'une crainte confuse et irrésistible, la crainte du sommeil et la crainte du lit.

Vers deux heures, je monte dans ma chambre. A peine entré, je donne deux tours de clef, et je pousse les verrous; j'ai peur... de quoi?... Je ne redoutais rien jusqu'ici... j'ouvre mes armoires, je regarde sous mon lit; j'écoute... j'écoute... quoi?... Est-ce étrange qu'un simple malaise, un trouble de la circulation peut-être, l'irritation d'un filet nerveux, un peu de congestion, une toute petite perturbation dans le fonctionnement si imparfait et si délicat de notre machine vivante, puisse faire un mélancolique du plus joyeux des hommes, et un poltron du plus brave? Puis,

---

1. C'étaient les remèdes préconisés a l'époque pour calmer l'agitation nerveuse; Maupassant se soumet quotidiennement à Paris à un régime de douches violentes; Flaubert a pris toute sa vie, depuis ses premières crises nerveuses, du bromure.

je me couche, et j'attends le sommeil comme on attendrait le bourreau. Je l'attends avec l'épouvante de sa venue et mon cœur bat, et mes jambes frémissent; et tout mon corps tressaille dans la chaleur des draps, jusqu'au moment où je tombe tout à coup dans le repos, comme on tomberait pour s'y noyer, dans un gouffre d'eau stagnante. Je ne le sens pas venir, comme autrefois ce sommeil perfide, caché près de moi, qui me guette, qui va me saisir par la tête, me fermer les yeux, m'anéantir.

Je dors — longtemps — deux ou trois heures — puis un rêve — non — un cauchemar m'étreint. Je sens bien que je suis couché et que je dors... Je le sens et je le vois... et je sens aussi que quelqu'un s'approche de moi, me regarde, me palpe, monte sur mon lit, s'agenouille sur ma poitrine, me prend le cou entre ses mains et serre... serre... de toute sa force pour m'étrangler.

Moi, je me débats, lié par cette impuissance atroce, qui nous paralyse dans les songes; je veux crier — je ne peux pas; — je veux remuer — je ne peux pas; — j'essaye, avec des efforts affreux, en haletant, de me retourner, de rejeter cet être qui m'écrase et qui m'étouffe — je ne peux pas!

Et soudain, je m'éveille, affolé, couvert de sueur. J'allume une bougie. Je suis seul.

Après cette crise, qui se renouvelle toutes les nuits, je dors enfin, avec calme, jusqu'à l'aurore.

2 juin. — Mon état s'est encore aggravé. Qu'ai-je donc? Le bromure n'y fait rien; les douches n'y font rien. Tantôt, pour fatiguer mon corps, si las pourtant, j'allai faire un tour dans la forêt de Roumare[1]. Je crus d'abord que l'air frais, léger et doux, plein d'odeur d'herbes et de feuilles, me versait aux veines un sang nouveau, au cœur une énergie nouvelle. Je pris une grande avenue de chasse, puis je tournai vers La Bouille, par une allée étroite, entre deux armées d'arbres démesurément hauts qui mettaient un toit vert, épais, presque noir, entre le ciel et moi.

Un frisson me saisit soudain, non pas un frisson de froid, mais un étrange frisson d'angoisse.

Je hâtai le pas, inquiet d'être seul dans ce bois, apeuré sans raison, stupidement, par la profonde solitude. Tout à

1. *La forêt de Roumare :* « l'une des plus grandes, l'une des plus vieilles de France » se trouve tout près de Croisset en aval de Rouen, elle rejoint la forêt de La Londe.

coup, il me sembla que j'étais suivi, qu'on marchait sur mes talons, tout près, à me toucher.

Je me retournai brusquement. J'étais seul. Je ne vis derrière moi que la droite et large allée, vide, haute, redoutablement vide; et de l'autre côté elle s'étendait aussi à perte de vue, toute pareille, effrayante.

Je fermai les yeux. Pourquoi! Et je me mis à tourner sur un talon, très vite, comme une toupie. Je faillis tomber; je rouvris les yeux; les arbres dansaient : la terre flottait; je dus m'asseoir. Puis, ah! je ne savais plus par où j'étais venu! Bizarre idée! Bizarre! Bizarre idée! Je ne savais plus du tout. Je partis par le côté qui se trouvait à ma droite, et je revins dans l'avenue qui m'avait amené au milieu de la forêt.

3 juin. — La nuit a été horrible. Je vais m'absenter pendant quelques semaines. Un petit voyage sans doute, me remettra.

2 juillet. — Je rentre. Je suis guéri. J'ai fait d'ailleurs une excursion charmante. J'ai visité le mont Saint-Michel[1] que je ne connaissais pas.

Quelle vision quand on arrive comme moi à Avranches[2], vers la fin du jour! La ville est sur une colline; et on me conduisit dans le jardin public, au bout de la cité. Je poussai un cri d'étonnement. Une baie démesurée s'étendait devant moi, à perte de vue, entre deux côtes écartées se perdant au loin dans les brumes; et au milieu de cette immense baie jaune, sous un ciel d'or et de clarté, s'élevait sombre et pointu un mont étrange au milieu des sables. Le soleil venait de disparaître, et sur l'horizon encore flamboyant se dessinait le profil de ce fantastique rocher qui porte sur son sommet un fantastique monument.

Dès l'aurore, j'allai vers lui. La mer était basse comme la veille au soir, et je regardais se dresser devant moi, à mesure que j'approchais d'elle, la surprenante abbaye. Après plusieurs heures de marche, j'atteignis l'énorme bloc de pierres qui porte la petite cité dominée par la grande église. Ayant gravi la rue étroite et rapide, j'entrai dans la plus admirable demeure gothique construite pour Dieu sur la terre, vaste comme une ville, pleine de salles basses écrasées sous des

---

1. Maupassant a donné une autre description du Mont dans le conte intitulé *la Légende du Mont-Saint-Michel*, publié dans le *Gil Blas* du 19 décembre 1882; 2. *Avranches* : petite ville du département de la Manche à l'estuaire de la Sée, face à la baie du Mont-Saint-Michel.

voûtes et de hautes galeries que soutiennent de frêles colonnes. J'entrai dans ce gigantesque bijou de granit, aussi léger qu'une dentelle, couvert de tours, de sveltes clochetons, où montent des escaliers tordus, et qui lancent dans le ciel bleu des jours, dans le ciel noir des nuits, leurs têtes bizarres hérissées de chimères, de diables, de bêtes fantastiques, de fleurs monstrueuses, et reliés l'un à l'autre par de fines arches ouvragées.

Quand je fus sur le sommet, je dis au moine qui m'accompagnait : « Mon père, comme vous devez être bien ici ! »

Il répondit : « Il y a beaucoup de vent, Monsieur » ; et nous nous mîmes à causer en regardant monter la mer, qui courait sur le sable et le couvrait d'une cuirasse d'acier.

Et le moine me conta des histoires, toutes les vieilles histoires de ce lieu, des légendes, toujours des légendes.

Une d'elles me frappa beaucoup. Les gens du pays, ceux du mont, prétendent qu'on entend parler la nuit dans les sables, puis qu'on entend bêler deux chèvres, l'une avec une voix forte, l'autre avec une voix faible. Les incrédules affirment que ce sont les cris des oiseaux de mer, qui ressemblent tantôt à des bêlements, et tantôt à des plaintes humaines ; mais les pêcheurs attardés jurent avoir rencontré, rôdant sur les dunes, entre deux marées, autour de la petite ville jetée ainsi loin du monde, un vieux berger, dont on ne voit jamais la tête couverte de son manteau, et qui conduit, en marchant devant eux, un bouc à figure d'homme et une chèvre à figure de femme, tous deux avec de longs cheveux blancs et parlant sans cesse, se querellant dans une langue inconnue, puis cessant soudain de crier pour bêler de toute leur force.

Je dis au moine : « Y croyez-vous ? »

Il murmura : « Je ne sais pas. »

Je repris : « S'il existait sur la terre d'autres êtres que nous, comment ne les connaîtrions-nous point depuis longtemps ; comment ne les auriez-vous pas vus, vous ? comment ne les aurais-je pas vus, moi ? »

Il répondit : « Est-ce que nous voyons la cent-millième partie de ce qui existe ? Tenez, voici le vent, qui est la plus grande force de la nature, qui renverse les hommes, abat les édifices, déracine les arbres, soulève la mer en montagnes d'eau, détruit les falaises et jette aux brisants les grands navires, le vent qui tue, qui siffle, qui gémit, qui mugit — l'avez-vous vu, et pouvez-vous le voir? Il existe, pourtant. »

Je me tus devant ce simple raisonnement. Cet homme était un sage ou peut-être un sot. Je ne l'aurais pu affirmer au juste; mais je me tus. Ce qu'il disait là, je l'avais pensé souvent.

3 juillet. — J'ai mal dormi; certes, il y a ici une influence fiévreuse, car mon cocher souffre du même mal que moi. En rentrant hier, j'avais remarqué sa pâleur singulière. Je lui demandai :

« Qu'est-ce que vous avez, Jean?

— J'ai que je ne peux plus me reposer, Monsieur, ce sont mes nuits qui mangent mes jours. Depuis le départ de Monsieur, cela me tient comme un sort. »

Les autres domestiques vont bien cependant, mais j'ai grand'peur d'être repris, moi.

4 juillet. — Décidément, je suis repris. Mes cauchemars anciens reviennent. Cette nuit, j'ai senti quelqu'un accroupi sur moi, et qui, sa bouche sur la mienne, buvait ma vie entre mes lèvres. Oui, il la puisait dans ma gorge, comme aurait fait une sangsue. Puis il s'est levé, repu, et moi je me suis réveillé, tellement meurtri, brisé, anéanti, que je ne pouvais plus remuer. Si cela continue encore quelques jours, je repartirai certainement.

5 juillet. — Ai-je perdu la raison? Ce qui s'est passé la nuit dernière est tellement étrange, que ma tête s'égare quand j'y songe!

Comme je le fais maintenant chaque soir, j'avais fermé ma porte à clef; puis, ayant soif, je bus un demi-verre d'eau, et je remarquai par hasard que ma carafe était pleine jusqu'au bouchon de cristal.

Je me couchai ensuite et je tombai dans un de mes sommeils épouvantables, dont je fus tiré au bout de deux heures environ par une secousse plus affreuse encore.

Figurez-vous un homme qui dort, qu'on assassine, et qui se réveille avec un couteau dans le poumon, et qui râle, couvert de sang, et qui ne peut plus respirer, et qui va mourir, et qui ne comprend pas — voilà.

Ayant enfin reconquis ma raison, j'eus soif de nouveau; j'allumai une bougie et j'allai vers la table où était posée ma carafe. Je la soulevai en la penchant sur mon verre; rien ne coula. — Elle était vide! Elle était vide complètement!

D'abord je n'y compris rien; puis, tout à coup, je ressentis une émotion si terrible, que je dus m'asseoir, ou plutôt, que je tombai sur une chaise! puis, je me redressai d'un saut pour regarder autour de moi! puis je me rassis, éperdu d'étonnement et de peur, devant le cristal transparent! Je le contemplais avec des yeux fixes, cherchant à deviner. Mes mains tremblaient! On avait donc bu cette eau? Qui? Moi? moi, sans doute? Ce ne pouvait être que moi! Alors, j'étais somnambule, je vivais, sans le savoir, de cette double vie mystérieuse qui fait douter s'il y a deux êtres en nous, ou si un être étranger, inconnaissable et invisible, anime, par moments, quand notre âme est engourdie, notre corps captif qui obéit à cet autre, comme à nous-mêmes, plus qu'à nous-mêmes.

Ah! qui comprendra mon angoisse abominable! Qui comprendra l'émotion d'un homme, sain d'esprit, bien éveillé, plein de raison et qui regarde épouvanté, à travers le verre d'une carafe, un peu d'eau disparue pendant qu'il a dormi! Et je restai là jusqu'au jour, sans oser regarder mon lit.

6 juillet. — Je deviens fou. On a encore bu toute ma carafe cette nuit : ou plutôt, je l'ai bue!

Mais, est-ce moi? Est-ce moi? Qui? Oh! Mon Dieu! Je deviens fou! Qui me sauvera?

10 juillet. — Je viens de faire des épreuves surprenantes. Décidément, je suis fou! Et pourtant!

Le 6 juillet, avant de me coucher, j'ai placé sur ma table du vin, du lait, de l'eau, du pain et des fraises.

On a bu, — j'ai bu — toute l'eau, et un peu de lait. On n'a touché ni au vin, ni aux fraises.

Le 7 juillet, j'ai renouvelé la même épreuve, qui a donné le même résultat.

Le 8 juillet, j'ai supprimé l'eau et le lait. On n'a touché à rien.

Le 9 juillet enfin, j'ai remis sur ma table l'eau et le lait seulement en ayant soin d'envelopper les carafes en des linges de mousseline blanche et de ficeler les bouchons. Puis, j'ai frotté mes lèvres, ma barbe, mes mains avec de la mine de plomb, et je me suis couché.

L'invincible sommeil m'a saisi, suivi bientôt de l'atroce réveil. Je n'avais point remué; mes draps eux-mêmes ne portaient pas de taches. Je m'élançai vers ma table. Les

linges enfermant les bouteilles étaient demeurés immaculés.
Je déliai les cordons, en palpitant de crainte. On avait bu
toute l'eau! on avait bu tout le lait! Ah! mon Dieu!...

Je vais partir tout à l'heure pour Paris.

12 juillet. — Paris. J'avais donc perdu la tête les jours
derniers! J'ai dû être le jouet de mon imagination énervée,
à moins que je ne sois vraiment somnambule, ou que j'aie
subi une de ces influences constatées, mais inexplicables
jusqu'ici, qu'on appelle suggestions. En tout cas, mon affole-
ment touchait à la démence, et vingt-quatre heures de
Paris ont suffi pour me remettre d'aplomb.

Hier, après des courses et des visites, qui m'ont fait passer
dans l'âme de l'air nouveau et vivifiant, j'ai fini ma soirée
au Théâtre-Français. On y jouait une pièce d'Alexandre
Dumas fils[1], et cet esprit alerte et puissant a achevé de me
guérir. Certes, la solitude est dangereuse pour les intelligences qui travaillent. Il nous faut, autour de nous, des
hommes qui pensent et qui parlent. Quand nous sommes
seuls longtemps, nous peuplons le vide de fantômes.

Je suis rentré à l'hôtel très gai, par les boulevards. Au
coudoiement de la foule, je songeais, non sans ironie, à mes
terreurs, à mes suppositions de l'autre semaine, car j'ai cru,
oui j'ai cru qu'un être invisible habitait sous mon toit.
Comme notre tête est faible et s'effare, et s'égare vite, dès
qu'un petit fait incompréhensible nous frappe!

Au lieu de conclure par ces simples mots : « Je ne comprends pas parce que la cause m'échappe », nous imaginons
aussitôt des mystères effrayants et des puissances surnaturelles.

14 juillet. — Fête de la République[2]. Je me suis promené
par les rues. Les pétards et les drapeaux m'amusaient
comme un enfant. C'est pourtant fort bête d'être joyeux, à
date fixe, par décret du gouvernement. Le peuple est un
troupeau imbécile, tantôt stupidement patient et tantôt
férocement révolté. On lui dit : « Amuse-toi. » Il s'amuse.
On lui dit : « Va te battre avec le voisin. » Il va se battre.
On lui dit : « Vote pour l'Empereur. » Il vote pour l'Empereur. Puis, on lui dit : « Vote pour la République. » Et il
vote pour la République.

1. *Alexandre Dumas fils* (1824-1895) avait pour Maupassant une affection
toute paternelle. Il l'avait connu chez Flaubert; 2. La fête du 14 juillet. Le
14 juillet devint fête nationale et fut célébré pour la première fois en 1880.

Ceux qui le dirigent sont aussi sots ; mais au lieu d'obéir à des hommes, ils obéissent à des principes, lesquels ne peuvent être que niais, stériles et faux, par cela même qu'ils sont des principes, c'est-à-dire des idées réputées certaines et immuables, en ce monde où l'on n'est sûr de rien, puisque la lumière est une illusion, puisque le bruit est une illusion.

16 juillet. — J'ai vu hier des choses qui m'ont beaucoup troublé.

Je dînais chez ma cousine, M*me* Sablé, dont le mari commande le 76*e* chasseurs à Limoges. Je me trouvais chez elle avec deux jeunes femmes, dont l'une a épousé un médecin, le docteur Parent, qui s'occupe beaucoup des maladies nerveuses et des manifestations extraordinaires auxquelles donnent lieu en ce moment les expériences sur l'hypnotisme et la suggestion[1].

Il nous raconta longtemps les résultats prodigieux obtenus par des savants anglais et par les médecins de l'école de Nancy.

Les faits qu'il avança me parurent tellement bizarres, que je me déclarai tout à fait incrédule.

« Nous sommes, affirmait-il, sur le point de découvrir un des plus importants secrets de la nature, je veux dire, un de ses plus importants secrets sur cette terre ; car elle en a certes d'autrement importants, là-bas, dans les étoiles. Depuis que l'homme pense, depuis qu'il sait dire et écrire sa pensée, il se sent frôlé par un mystère impénétrable pour ses sens grossiers et imparfaits, et il tâche de suppléer, par l'effort de son intelligence, à l'impuissance de ses organes. Quand cette intelligence demeurait encore à l'état rudimentaire, cette hantise des phénomènes invisibles a pris des formes banalement effrayantes. De là sont nées les croyances populaires au surnaturel, les légendes des esprits rôdeurs, des fées, des gnomes, des revenants, je dirai même la légende de Dieu[2], car nos conceptions de l'ouvrier-créateur, de quelque religion qu'elles nous viennent, sont bien les inventions les plus médiocres, les plus stupides, les plus inacceptables sorties du cerveau apeuré des créatures. Rien de plus vrai que cette parole de Voltaire. « Dieu a fait l'homme à son image, mais l'homme le lui a bien rendu. »

---

1. Allusion aux travaux du D*r* Charcot, qui, à l'époque, faisaient grand bruit ; 2. Rapprochez ces lignes du texte de *la Peur* : Maupassant était résolument athée.

« Mais, depuis un peu plus d'un siècle, on semble pressentir quelque chose de nouveau. Mesmer[1] et quelques autres nous ont mis sur une voie inattendue, et nous sommes arrivés vraiment, depuis quatre ou cinq ans surtout, à des résultats surprenants. »

Ma cousine, très incrédule aussi, souriait. Le docteur Parent lui dit : « Voulez-vous que j'essaie de vous endormir, Madame ?

— Oui, je veux bien. »

Elle s'assit dans un fauteuil et il commença à la regarder fixement en la fascinant. Moi, je me sentis soudain un peu troublé, le cœur battant, la gorge serrée. Je voyais les yeux de Mme Sablé s'alourdir, sa bouche se crisper, sa poitrine haleter.

Au bout de dix minutes, elle dormait.

« Mettez-vous derrière elle », dit le médecin.

Et je m'assis derrière elle. Il lui plaça entre les mains une carte de visite en lui disant : « Ceci est un miroir ; que voyez-vous dedans ? »

Elle répondit :

« Je vois mon cousin.

— Que fait-il ?

— Il se tord la moustache.

— Et maintenant ?

— Il tire de sa poche une photographie.

— Quelle est cette photographie ?

— La sienne. »

C'était vrai ! Et cette photographie venait de m'être livrée, le soir même, à l'hôtel.

« Comment est-il sur ce portrait ?

— Il se tient debout avec son chapeau à la main. »

Donc elle voyait dans cette carte, dans ce carton blanc, comme elle eût vu dans une glace.

Les jeunes femmes, épouvantées, disaient : « Assez ! Assez ! Assez ! »

Mais le docteur ordonna : « Vous vous lèverez demain à huit heures ; puis vous irez trouver à son hôtel votre cousin, et vous le supplierez de vous prêter cinq mille francs que votre mari vous demande et qu'il vous réclamera à son prochain voyage. »

1. *Mesmer* : médecin allemand (1734-1815), fondateur de la théorie du magnétisme, connue sous le nom de *mesmérisme* ; le magnétisme mesmérien fut à la mode sous Louis XVI.

Puis il la réveilla.

En rentrant à l'hôtel, je songeais à cette curieuse séance et des doutes m'assaillirent non point sur l'absolue, sur l'insoupçonnable bonne foi de ma cousine, que je connaissais comme une sœur, depuis l'enfance, mais sur une supercherie possible du docteur. Ne dissimulait-il pas dans sa main une glace qu'il montrait à la jeune femme endormie, en même temps que sa carte de visite ? Les prestidigitateurs de profession font des choses autrement singulières.

Je rentrai donc et je me couchai.

Or, ce matin, vers huit heures et demie, je fus réveillé par mon valet de chambre, qui me dit :

« C'est Mme Sablé qui demande à parler à Monsieur, tout de suite. »

Je m'habillai à la hâte et je la reçus.

Elle s'assit fort troublée, les yeux baissés, et, sans lever son voile, elle me dit :

« Mon cher cousin, j'ai un gros service à vous demander.

— Lequel, ma cousine ?

— Cela me gêne beaucoup de vous le dire, et pourtant, il le faut. J'ai besoin, absolument besoin, de cinq mille francs.

— Allons donc, vous ?

— Oui, moi, ou plutôt mon mari, qui me charge de les trouver. »

J'étais tellement stupéfait, que je balbutiai mes réponses. Je me demandais si vraiment elle ne s'était pas moquée de moi avec le docteur Parent, si ce n'était pas là une simple farce préparée d'avance et fort bien jouée.

Mais, en la regardant avec attention, tous mes doutes se dissipèrent. Elle tremblait d'angoisse, tant cette démarche lui était douloureuse, et je compris qu'elle avait la gorge pleine de sanglots.

Je la savais fort riche et je repris :

« Comment ! votre mari n'a pas cinq mille francs à sa disposition ! Voyons réfléchissez. Êtes-vous sûre qu'il vous a chargée de me les demander ? »

Elle hésita quelques secondes comme si elle eût fait un grand effort pour chercher dans son souvenir puis elle répondit :

« Oui..., oui... j'en suis sûre.

— Il vous a écrit ? »

Elle hésita encore, réfléchissant. Je devinai le travail torturant de sa pensée. Elle ne savait pas. Elle savait seulement qu'elle devait m'emprunter cinq mille francs pour son mari. Donc elle osa mentir.

« Oui, il m'a écrit.

— Quand donc? Vous ne m'avez parlé de rien, hier.

— J'ai reçu sa lettre ce matin.

— Pouvez-vous me la montrer?

— Non... non... non... elle contenait des choses intimes... trop personnelles... je l'ai... je l'ai brûlée.

— Alors, c'est que votre mari fait des dettes. »

Elle hésita encore, puis murmura :

« Je ne sais pas. »

Je déclarai brusquement :

« C'est que je ne puis disposer de cinq mille francs en ce moment, ma chère cousine[1]. »

Elle poussa une sorte de cri de souffrance.

« Oh! oh! je vous en prie, je vous en prie, trouvez-les... »

Elle s'exaltait, joignait les mains comme si elle m'eût prié! J'entendais sa voix changer de ton; elle pleurait et bégayait, harcelée, dominée par l'ordre irrésistible qu'elle avait reçu.

« Oh! oh! je vous en supplie... si vous saviez comme je souffre... il me les faut aujourd'hui. »

J'eus pitié d'elle.

« Vous les aurez tantôt, je vous le jure. »

Elle s'écria :

« Oh! merci! merci! Que vous êtes bon! »

Je repris : « Vous rappelez-vous ce qui s'est passé hier chez vous?

— Oui.

— Vous rappelez-vous que le docteur Parent vous a endormie?

— Oui.

— Eh! bien, il vous a ordonné de venir m'emprunter ce matin cinq mille francs, et vous obéissez en ce moment à cette suggestion. »

Elle réfléchit quelques secondes et répondit :

« Puisque c'est mon mari qui les demande. »

Pendant une heure, j'essayai de la convaincre, mais je n'y pus parvenir.

1. La somme est assez importante pour l'époque (environ un million de 1955).

Quand elle fut partie, je courus chez le docteur.

Il allait sortir; et il m'écouta en souriant. Puis il dit :

« Croyez-vous maintenant ?

— Oui, il le faut bien.

— Allons chez votre parente. »

Elle sommeillait déjà sur une chaise longue, accablée de fatigue. Le médecin lui prit le pouls, la regarda quelque temps, une main levée vers ses yeux qu'elle ferma peu à peu sous l'effort insoutenable de cette puissance magnétique.

Quand elle fut endormie :

« Votre mari n'a plus besoin de cinq mille francs. Vous allez donc oublier que vous avez prié votre cousin de vous les prêter, et, s'il vous parle de cela, vous ne comprendrez pas. »

Puis il la réveilla. Je tirai de ma poche un portefeuille :

« Voici, ma chère cousine, ce que vous m'avez demandé ce matin. »

Elle fut tellement surprise que je n'osai pas insister. J'essayai cependant de ranimer sa mémoire, mais elle nia avec force, crut que je me moquais d'elle, et faillit, à la fin, se fâcher.

. . . .

Voilà! je viens de rentrer; et je n'ai pu déjeuner, tant cette expérience m'a bouleversé.

19 juillet. — Beaucoup de personnes à qui j'ai raconté cette aventure se sont moquées de moi. Je ne sais plus que penser. Le sage dit : Peut-être ?

21 juillet. — J'ai été dîner à Bougival, puis j'ai passé la soirée au bal des canotiers[1]. Décidément, tout dépend des lieux et des milieux. Croire au surnaturel dans l'île de la Grenouillère serait le comble de la folie... mais au sommet du mont Saint-Michel? mais dans les Indes? Nous subissons effroyablement l'influence de ce qui nous entoure. Je rentrerai chez moi la semaine prochaine.

30 juillet. — Je suis revenu dans ma maison depuis hier. Tout va bien.

2 août. — Rien de nouveau; il fait un temps superbe. Je passe mes journées à regarder couler la Seine.

4 août. — Querelles parmi mes domestiques. Ils prétendent qu'on casse les verres, la nuit, dans les armoires.

---

1. Cf. page 88, notice relative à l'extrait d'*Yvette*.

Le valet de chambre accuse la cuisinière, qui accuse la lingère, qui accuse les deux autres. Quel est le coupable? Bien fin qui le dirait!

6 août. — Cette fois, je ne suis pas fou. J'ai vu... j'ai vu... j'ai vu!... Je ne puis plus douter... j'ai vu!... J'ai encore froid jusque dans les ongles... j'ai encore peur jusque dans les moelles... j'ai vu!...

Je me promenais à deux heures, en plein soleil dans mon parterre de rosiers... dans l'allée des rosiers d'automne qui commencent à fleurir.

Comme je m'arrêtais à regarder un *géant des batailles*, qui portait trois fleurs magnifiques, je vis, je vis distinctement, tout près de moi, la tige d'une de ces roses se plier, comme si une main invisible l'eût tordue, puis se casser, comme si cette main l'eût cueillie! Puis la fleur s'éleva, suivant une courbe qu'aurait décrite un bras en la portant vers une bouche, et elle resta suspendue dans l'air transparent, toute seule, immobile, effrayante tache rouge à trois pas de mes yeux.

Éperdu, je me jetai sur elle pour la saisir! Je ne trouvai rien; elle avait disparu. Alors je fus pris d'une colère furieuse contre moi-même; car il n'est pas permis à un homme raisonnable et sérieux d'avoir de pareilles hallucinations.

Mais était-ce bien une hallucination? Je me retournai pour chercher la tige, et je la retrouvai immédiatement sur l'arbuste, fraîchement brisée, entre les deux autres roses demeurées à la branche.

Alors, je rentrai chez moi l'âme bouleversée, car je suis certain, maintenant, certain comme de l'alternance des jours et des nuits, qu'il existe près de moi un être invisible, qui se nourrit de lait et d'eau, qui peut toucher aux choses, les prendre et les changer de place, doué par conséquent d'une nature matérielle, bien qu'imperceptible par nos sens, et qui habite comme moi, sous mon toit...

7 août. — J'ai dormi tranquille. Il a bu l'eau de ma carafe, mais n'a point troublé mon sommeil.

Je me demande si je suis fou. En me promenant, tantôt au grand soleil, le long de la rivière, des doutes me sont venus sur ma raison, non point des doutes vagues comme j'en avais jusqu'ici, mais des doutes précis, absolus. J'ai vu des fous; j'en ai connu qui restaient intelligents, lucides, clairvoyants même sur toutes les choses de la vie, sauf sur un point. Ils parlaient de tout avec clarté, avec souplesse, avec profondeur, et soudain leur pensée, touchant l'écueil de leur folie, s'y déchirait en pièces, s'éparpillait et sombrait dans cet océan effrayant et furieux, plein de vagues bondissantes, de brouillards, de bourrasques, qu'on nomme « la démence ».

Certes, je me croirais fou, absolument fou, si je n'étais conscient, si je ne connaissais parfaitement mon état, si je ne le sondais en l'analysant avec une complète lucidité. Je ne serais donc, en somme, qu'un halluciné raisonnant. Un trouble inconnu se serait produit dans mon cerveau, un de ces troubles qu'essayent de noter et de préciser aujourd'hui les physiologistes; et ce trouble aurait déterminé dans mon esprit, dans l'ordre et la logique de mes idées, une crevasse profonde. Des phénomènes semblables ont lieu dans le rêve qui nous promène à travers les fantasmagories les plus invraisemblables, sans que nous en soyons surpris, parce que l'appareil vérificateur, parce que le sens du contrôle est endormi; tandis que la faculté imaginative veille et travaille. Ne se peut-il pas qu'une des imperceptibles touches du clavier cérébral se trouve paralysée chez moi? Des hommes, à la suite d'accidents, perdent la mémoire des noms propres ou des verbes ou des chiffres, ou seulement des dates. Les localisations de toutes les parcelles de la pensée sont aujourd'hui prouvées. Or, quoi d'étonnant à ce que ma faculté de contrôler l'irréalité de certaines hallucinations se trouve engourdie chez moi en ce moment!

Je songeais à tout cela en suivant le bord de l'eau. Le soleil couvrait de clarté la rivière, faisait la terre délicieuse, emplissait mon regard d'amour pour la vie, pour les hirondelles, dont l'agilité est une joie de mes yeux, pour les herbes de la rive, dont le frémissement est un bonheur de mes oreilles.

Peu à peu, cependant, un malaise inexplicable me pénétrait. Une force, me semblait-il, une force occulte m'engourdissait, m'arrêtait, m'empêchait d'aller plus loin, me rappelait en arrière. J'éprouvais ce besoin douloureux de rentrer qui vous oppresse, quand on a laissé au logis un malade aimé, et que le pressentiment vous saisit d'une aggravation de son mal.

Donc, je revins malgré moi, sûr que j'allais trouver, dans ma maison, une mauvaise nouvelle, une lettre ou une dépêche. Il n'y avait rien; et je demeurai plus surpris et plus inquiet que si j'avais eu de nouveau quelque vision fantastique.

8 août. — J'ai passé hier une affreuse soirée. Il ne se manifeste plus, mais je le sens près de moi, m'épiant, me regardant, me pénétrant, me dominant et plus redoutable, en se cachant ainsi, que s'il signalait par des phénomènes surnaturels sa présence invisible et constante.

J'ai dormi pourtant.

9 août. — Rien, mais j'ai peur.

10 août. — Rien; qu'arrivera-t-il demain?

11 août. — Toujours rien; je ne puis plus rester chez moi avec cette crainte et cette pensée entrées en mon âme; je vais partir.

12 août, 10 heures du soir. — Tout le jour j'ai voulu m'en aller; je n'ai pas pu. J'ai voulu accomplir cet acte de liberté si facile, si simple, — sortir — monter dans ma voiture pour gagner Rouen — je n'ai pas pu. Pourquoi?

13 août. — Quand on est atteint par certaines maladies, tous les ressorts de l'être physique semblent brisés, toutes les énergies anéanties, tous les muscles relâchés, les os devenus mous comme la chair et la chair liquide comme de l'eau. J'éprouve cela dans mon être moral d'une façon étrange et désolante. Je n'ai plus aucune force, aucun courage, aucune domination sur moi, aucun pouvoir même de mettre en mouvement ma volonté. Je ne peux plus vouloir; mais quelqu'un veut pour moi; et j'obéis.

14 août. — Je suis perdu! Quelqu'un possède mon âme et la gouverne! quelqu'un possède mon âme et la gouverne! quelqu'un ordonne tous mes actes, tous mes mouvements, toutes mes pensées. Je ne suis plus rien en moi, rien qu'un spectateur esclave et terrifié de toutes les choses que j'accomplis. Je désire sortir. Je ne peux pas. Il ne veut pas; et je reste, éperdu, tremblant, dans le fauteuil où il me tient assis. Je désire seulement me lever, me soulever, afin de me croire maître de moi. Je ne peux pas! Je suis rivé à mon siège; et mon siège adhère au sol, de telle sorte qu'aucune force ne nous soulèverait.

Puis, tout d'un coup, il faut, il faut, il faut que j'aille au fond de mon jardin cueillir des fraises et les manger. Et j'y vais. Je cueille des fraises et je les mange! Oh! mon Dieu! Mon Dieu! Mon Dieu! Est-il un Dieu? S'il en est un,

délivrez-moi! sauvez-moi! secourez-moi! Pardon! Pitié!
Grâce! Sauvez-moi! Oh! quelle souffrance! quelle torture!
quelle horreur!

15 août. — Certes, voilà comment était possédée et dominée ma pauvre cousine, quand elle est venue m'emprunter
cinq mille francs. Elle subissait un vouloir étranger entré
en elle, comme une autre âme, comme une autre âme para-
site et dominatrice. Est-ce que le monde va finir?

Mais celui qui me gouverne, quel est-il, cet invisible?
cet inconnaissable, ce rôdeur d'une race surnaturelle?

Donc les Invisibles existent! Alors, comment depuis
l'origine du monde ne se sont-ils pas encore manifestés
d'une façon précise comme ils le font pour moi? Je n'ai
jamais rien lu qui ressemble à ce qui s'est passé dans ma
demeure. Oh! si je pouvais la quitter, si je pouvais m'en
aller, fuir et ne pas revenir! Je serais sauvé, mais je ne peux
pas.

16 août. — J'ai pu m'échapper aujourd'hui pendant deux
heures, comme un prisonnier qui trouve ouverte, par hasard,
la porte de son cachot. J'ai senti que j'étais libre tout à coup
et qu'il était loin. J'ai ordonné d'atteler bien vite et j'ai gagné
Rouen. Oh! quelle joie de pouvoir dire à un homme qui
obéit : « Allez à Rouen! »

Je me suis fait arrêter devant la bibliothèque et j'ai prié
qu'on me prêtât le grand traité du docteur Hermann Herestauss[1] sur les habitants inconnus du monde antique et
moderne.

Puis, au moment de remonter dans mon coupé, j'ai voulu
dire : « A la gare! » et j'ai crié — je n'ai pas dit, j'ai crié —
d'une voix si forte que les passants se sont retournés : « A
la maison », et je suis tombé, affolé d'angoisse, sur le coussin
de ma voiture. Il m'avait retrouvé et repris.

17 août. — Ah! Quelle nuit! quelle nuit! Et pourtant il
me semble que je devrais me réjouir. Jusqu'à une heure du
matin, j'ai lu! Hermann Herestauss, docteur en philosophie
et en théogonie, a écrit l'histoire et les manifestations de
tous les êtres invisibles rôdant autour de l'homme ou rêvés
par lui. Il décrit leurs origines, leur domaine, leur puissance. Mais aucun d'eux ne ressemble à celui qui me hante.
On dirait que l'homme, depuis qu'il pense, a pressenti et

---

1. Il semble bien que Maupassant ait inventé ce nom.

redouté un être nouveau, plus fort que lui, son successeur en ce monde, et que, le sentant proche et ne pouvant prévoir la nature de ce maître, il a créé, dans sa terreur, tout le peuple fantastique des êtres occultes, fantômes vagues nés de la peur.

Donc, ayant lu jusqu'à une heure du matin, j'ai été m'asseoir ensuite auprès de ma fenêtre ouverte pour rafraîchir mon front et ma pensée au vent calme de l'obscurité.

Il faisait bon, il faisait tiède. Comme j'aurais aimé cette nuit-là autrefois!

Pas de lune. Les étoiles avaient au fond du ciel noir des scintillements frémissants. Qui habite ces mondes? Quelles formes, quels vivants, quels animaux, quelles plantes sont là-bas? Ceux qui pensent dans ces univers lointains, que savent-ils plus que nous? Que peuvent-ils plus que nous? Que voient-ils que nous ne connaissons point? Un d'eux, un jour ou l'autre, traversant l'espace, n'apparaîtra-t-il pas sur notre terre pour la conquérir, comme les Normands jadis traversaient la mer pour asservir des peuples plus faibles?

Nous sommes si infirmes, si désarmés, si ignorants, si petits, nous autres, sur ce grain de boue qui tourne délayé dans une goutte d'eau.

Je m'assoupis en rêvant ainsi au vent frais du soir.

Or, ayant dormi environ quarante minutes, je rouvris les yeux sans faire un mouvement, réveillé par je ne sais quelle émotion confuse et bizarre. Je ne vis rien d'abord, puis, tout à coup, il me sembla qu'une page du livre resté ouvert sur ma table venait de tourner toute seule. Aucun souffle d'air n'était entré par ma fenêtre. Je fus surpris et j'attendis. Au bout de quarante minutes environ, je vis, je vis, oui, je vis de mes yeux une autre page se soulever et se rabattre sur la précédente, comme si un doigt l'eût feuilletée. Mon fauteuil était vide, semblait vide; mais je compris qu'il était là, lui, assis à ma place, et qu'il lisait. D'un bond furieux, d'un bond de bête révoltée, qui va éventrer son dompteur, je traversai ma chambre pour le saisir, pour l'étreindre, pour le tuer!... Mais mon siège, avant que je l'eusse atteint, se renversa comme si on eût fui devant moi... ma table oscilla, ma lampe tomba et s'éteignit, et ma fenêtre se ferma comme si un malfaiteur surpris se fût élancé dans la nuit, en prenant à pleines mains les battants.

Donc, il s'était sauvé; il avait eu peur, peur de moi, lui!

Alors... alors... demain... ou après..., ou un jour quel-conque..., je pourrai donc le tenir sous mes poings et l'écraser contre le sol! Est-ce que les chiens, quelquefois, ne mordent point et n'étranglent pas leurs maîtres?

18 août. — J'ai songé toute la journée. Oh! oui, je vais lui obéir, suivre ses impulsions, accomplir toutes ses volontés, me faire humble, soumis, lâche. Il est le plus fort. Mais une heure viendra...

19 août. — Je sais... je sais... je sais tout! Je viens de lire ceci dans la *Revue du Monde scientifique* :

« Une nouvelle assez curieuse nous arrive de Rio de Janeiro. Une folie, une épidémie de folie, comparable aux démences contagieuses qui atteignirent les peuples d'Europe au moyen âge, sévit en ce moment dans la province de San-Paulo. Les habitants éperdus quittent leurs maisons, désertent leurs villages, abandonnent leurs cultures, se disant poursuivis, possédés, gouvernés, comme un bétail humain par des êtres invisibles bien que tangibles, des sortes de vampires qui se nourrissent de leur vie pendant leur sommeil, et qui boivent en outre de l'eau et du lait sans paraître toucher à aucun autre aliment.

« M. le professeur Don Pedro Henriquez[1], accompagné de plusieurs savants médecins, est parti pour la province de San-Paulo, afin d'étudier sur place les origines et les mani-festations de cette surprenante folie et de proposer à l'Em-pereur les mesures qui lui paraîtront le plus propres à rap-peler à la raison ces populations en délire. »

Ah! ah! je me rappelle, je me rappelle le beau trois-mâts brésilien qui passa sous mes fenêtres en remontant la Seine, le 8 mai dernier! Je le trouvai si joli, si blanc, si gai! L'Être était dessus, venant de là-bas, où sa race était née! Et il m'a vu! Il a vu ma demeure blanche aussi; et il a sauté du navire sur la rive. Oh! mon Dieu!

A présent, je sais, je devine. Le règne de l'homme est fini.

Il est venu, Celui que redoutaient les premières terreurs des peuples naïfs, Celui qu'exorcisaient les prêtres inquiets, que les sorciers évoquaient par les nuits sombres, sans le voir apparaître encore, à qui les pressentiments des maîtres passagers du monde prêtèrent toutes les formes monstrueuses

---

1. Nom imaginaire, comme celui d'Herestauss.

ou gracieuses des gnomes, des esprits, des génies, des fées, des farfadets. Après les grossières conceptions de l'épouvante primitive, des hommes plus perspicaces l'ont pressenti plus clairement. Mesmer l'avait deviné, et les médecins, depuis dix ans déjà, ont découvert, d'une façon précise, la nature de sa puissance avant qu'il l'eût exercée lui-même. Ils ont joué avec cette arme du Seigneur nouveau, la domination d'un mystérieux vouloir sur l'âme humaine devenue esclave. Ils ont appelé cela magnétisme, hypnotisme, suggestion... que sais-je? Je les ai vus s'amuser comme des enfants imprudents avec cette horrible puissance! Malheur à nous! Malheur à l'homme! Il est venu, le... le... comment se nomme-t-il... le... il me semble qu'il me crie son nom, et je ne l'entends pas... le... oui... il le crie... J'écoute... je ne peux pas... répète... le... Horla... J'ai entendu... le Horla... c'est lui... le Horla... il est venu!...

Ah! le vautour a mangé la colombe, le loup a mangé le mouton; le lion a dévoré le buffle aux cornes aiguës; l'homme a tué le lion avec la flèche, avec le glaive, avec la poudre; mais le Horla va faire de l'homme ce que nous avons fait du cheval et du bœuf: sa chose, son serviteur et sa nourriture, par la seule puissance de sa volonté. Malheur à nous!

Pourtant, l'animal, quelquefois, se révolte et tue celui qui l'a dompté... moi aussi je veux... je pourrai... mais il faut le connaître, le toucher, le voir! Les savants disent que l'œil de la bête, différent du nôtre, ne distingue point comme le nôtre... Et mon œil à moi ne peut distinguer le nouveau venu qui m'opprime.

Pourquoi! Oh! je me rappelle à présent les paroles du moine du mont Saint-Michel: « Est-ce que nous voyons la cent-millième partie de ce qui existe? Tenez, voici le vent qui est la plus grande force de la nature, qui renverse les hommes, abat les édifices, déracine les arbres, soulève la mer en montagnes d'eau, détruit les falaises et jette aux brisants les grands navires, le vent qui tue, qui siffle, qui gémit, qui mugit, l'avez-vous vu et pouvez-vous le voir! Il existe, pourtant! »

Et je songeais encore: mon œil est si faible, si imparfait, qu'il ne distingue même point les corps durs, s'ils sont transparents comme le verre!... Qu'une glace sans tain barre mon chemin, il me jette dessus comme l'oiseau entré dans une chambre se casse la tête aux vitres. Mille choses en outre le trompent et l'égarent? Quoi d'étonnant, alors, à ce qu'il ne sache point apercevoir un corps nouveau que la lumière traverse.

Un être nouveau! pourquoi pas? Il devait venir assurément! pourquoi serions-nous les derniers? Nous ne le distinguons point, ainsi que tous les autres créés avant nous? C'est que sa nature est plus parfaite, son corps plus fin et plus fini que le nôtre, que le nôtre si faible, si maladroitement conçu, encombré d'organes toujours fatigués, toujours forcés comme des ressorts trop complexes, que le nôtre, qui vit comme une plante et comme une bête, en se nourrissant péniblement d'air, d'herbe et de viande, machine animale en proie aux maladies, aux déformations, aux putréfactions, poussive, mal réglée, naïve et bizarre, ingénieusement mal faite, œuvre grossière et délicate, ébauche d'être qui pourrait devenir intelligent et superbe.

Nous sommes quelques-uns, si peu sur ce monde, depuis l'huître jusqu'à l'homme. Pourquoi pas un de plus, une fois accomplie la période qui sépare les apparitions successives de toutes les espèces diverses?

Pourquoi pas un de plus? Pourquoi pas aussi d'autres arbres aux fleurs immenses, éclatantes et parfumant des régions entières? Pourquoi pas d'autres éléments que le feu, l'air, la terre et l'eau? — Ils sont quatre, rien que quatre, ces pères nourriciers des êtres! Quelle pitié! Pourquoi ne sont-ils pas quarante, quatre cents, quatre mille! Comme tout est pauvre, mesquin, misérable! avarement donné, sèchement inventé, lourdement fait! Ah! l'éléphant, l'hippopotame, que de grâce! Le chameau, que d'élégance!

Mais direz-vous, le papillon! une fleur qui vole! J'en rêve un qui serait grand comme cent univers, avec des ailes dont je ne puis même expérimenter la forme, la beauté, la couleur et le mouvement. Mais je le vois... il va d'étoile en étoile, les rafraîchissant et les embaumant au souffle harmonieux et léger de sa course!... Et les peuples de là-haut le regardent passer, extasiés et ravis!

. . . .

Qu'ai-je donc? C'est lui, lui, le Horla, qui me hante, qui me fait penser ces folies! Il est en moi, il devient mon âme; je le tuerai!

19 août. — Je le tuerai. Je l'ai vu! je me suis assis hier soir, à ma table; et je fis semblant d'écrire avec une grande attention. Je savais bien qu'il viendrait rôder autour de moi, tout près, si près que je pourrais peut-être le toucher, le saisir? Et alors! alors, j'aurais la force des désespérés; j'aurais mes mains, mes genoux, ma poitrine, mon front, mes dents pour l'étrangler, l'écraser, le mordre, le déchirer.

Et je le guettais avec tous mes organes surexcités.

J'avais allumé mes deux lampes et les huit bougies de ma cheminée, comme si j'eusse pu, dans cette clarté, le découvrir.

En face de moi, mon lit, un vieux lit de chêne à colonnes; à droite, ma cheminée; à gauche, ma porte fermée avec soin, après l'avoir laissée longtemps ouverte, afin de l'attirer; derrière moi, une très haute armoire à glace, qui me servait chaque jour pour me raser, pour m'habiller, et où j'avais coutume de me regarder, de la tête aux pieds, chaque fois que je passais devant.

Donc, je faisais semblant d'écrire, pour le tromper, car il m'épiait lui aussi; et soudain, je sentis, je fus certain qu'il lisait par-dessus mon épaule, qu'il était là, frôlant mon oreille.

Je me dressai, les mains tendues, en me tournant si vite que je faillis tomber. Eh! bien?... on y voyait comme en plein jour, et je ne me vis pas dans ma glace!... Elle était vide, claire, profonde pleine de lumière! Mon image n'était pas dedans... et j'étais en face, moi! Je voyais le grand verre limpide du haut en bas. Et je regardais cela avec des yeux affolés; et je n'osais plus avancer, je n'osais plus faire un mouvement, sentant bien pourtant qu'il était là, mais qu'il m'échapperait encore, lui dont le corps imperceptible avait dévoré mon reflet.

Comme j'eus peur! Puis voilà que tout à coup je commençai à m'apercevoir dans une brume, au fond du miroir, dans une brume comme à travers une nappe d'eau; et il me semblait que cette eau glissait de gauche à droite, lentement, rendant plus précise mon image, de seconde en seconde. C'était comme la fin d'une éclipse. Ce qui me cachait ne paraissait point posséder de contours nettement arrêtés, mais une sorte de transparence opaque, s'éclaircissant peu à peu.

Je pus enfin me distinguer complètement, ainsi que je le fais chaque jour en me regardant.

Je l'avais vu! L'épouvante m'en est restée, qui me fait encore frissonner.

20 août. — Le tuer, comment? puisque je ne peux l'atteindre? Le poison? mais il me verrait le mêler à l'eau; et nos poisons, d'ailleurs, auraient-ils un effet sur son corps imperceptible? Non... non... sans aucun doute... Alors?... alors?...

21 août. — J'ai fait venir un serrurier de Rouen, et lui ai commandé pour ma chambre des persiennes de fer, comme en ont, à Paris, certains hôtels particuliers, au rez-de-chaussée, par crainte des voleurs. Il me fera, en outre, une porte pareille. Je me suis donné pour un poltron, mais je m'en moque!...

. . . .

10 septembre. — Rouen, hôtel Continental. C'est fait... mais est-il mort? J'ai l'âme bouleversée de ce que j'ai vu.

Hier donc, le serrurier ayant posé ma persienne et ma porte de fer, j'ai laissé tout ouvert jusqu'à minuit, bien qu'il commençât à faire froid.

Tout à coup, j'ai senti qu'il était là, et une joie, une joie folle m'a saisi. Je me suis levé lentement et j'ai marché à droite, à gauche, longtemps pour qu'il ne devinât rien; puis j'ai ôté mes bottines et mis mes savates avec négligence; puis j'ai fermé ma persienne de fer, et revenant à pas tranquilles vers la porte, j'ai fermé la porte aussi à double tour. Retournant alors vers la fenêtre, je la fixai par un cadenas, dont je mis la clef dans ma poche.

Tout à coup, je compris qu'il s'agitait autour de moi, qu'il avait peur à son tour, qu'il m'ordonnait de lui ouvrir. Je faillis céder; je ne cédai pas, mais m'adossant à la porte, je l'entrebâillai, tout juste assez pour passer, moi, à reculons; et comme je suis très grand ma tête touchait au linteau. J'étais sûr qu'il n'avait pu s'échapper et je l'enfermai, tout seul, tout seul. Quelle joie! Je le tenais! Alors, je descendis, en courant; je pris dans mon salon, sous ma chambre, mes deux lampes et je renversai toute l'huile sur le tapis, sur les meubles, partout; puis j'y mis le feu, et je me sauvai, après avoir bien refermé, à double tour, la grande porte d'entrée.

Et j'allai me cacher au fond de mon jardin, dans un massif de lauriers. Comme ce fut long! comme ce fut long! Tout était noir, muet, immobile; pas un souffle d'air, pas une étoile, des montagnes de nuages qu'on ne voyait point, mais qui pesaient sur mon âme si lourds, si lourds.

Je regardais ma maison, et j'attendais. Comme ce fut long! Je croyais déjà que le feu s'était éteint tout seul, ou qu'il l'avait éteint, Lui, quand une des fenêtres d'en bas creva sous la poussée de l'incendie, et une flamme, une grande flamme rouge et jaune, longue, molle, caressante, monta le long du mur blanc et le baisa jusqu'au toit. Une lueur courut dans les arbres, dans les branches, dans les feuilles, et un frisson, un frisson de peur aussi. Les oiseaux se réveillaient; un chien se mit à hurler; il me sembla que le jour se levait! Deux autres fenêtres éclatèrent aussitôt, et je vis que tout le bas de ma demeure n'était plus qu'un effrayant brasier. Mais un cri, un cri horrible, suraigu, déchirant, un cri de femme passa dans la nuit, et deux mansardes s'ouvrirent! J'avais oublié mes domestiques! Je vis leurs faces affolées, et leurs bras qui s'agitaient!...

Alors, éperdu d'horreur, je me mis à courir vers le village en hurlant : « Au secours! au secours! au feu! au feu! » Je rencontrai des gens qui s'en venaient déjà et je retournai avec eux, pour voir.

La maison, maintenant, n'était plus qu'un bûcher horrible et magnifique, un bûcher monstrueux, éclairant toute la terre, un bûcher où brûlaient des hommes, et où il brûlait aussi, Lui, Lui, mon prisonnier, l'Être nouveau, le nouveau maître, le Horla!

Soudain le toit tout entier s'engloutit entre les murs et un volcan de flammes jaillit jusqu'au ciel.

Par toutes les fenêtres ouvertes sur la fournaise, je voyais la cuve de feu, et je pensais qu'il était là, dans ce four, mort...

Mort? Peut-être?... Son corps? son corps que le jour traversait n'était-il pas indestructible par les moyens qui tuent les nôtres?

S'il n'était pas mort?... seul peut-être le temps a prise sur l'Être Invisible et Redoutable. Pourquoi ce corps transparent, ce corps inconnaissable, ce corps d'Esprit, s'il devait craindre, lui aussi, les maux, les blessures, les infirmités, la destruction prématurée?

La destruction prématurée? toute l'épouvante humaine vient d'elle! Après l'homme, le Horla. — Après celui qui peut mourir tous les jours, à toutes les heures, à toutes les minutes, par tous les accidents, est venu celui qui ne doit mourir qu'à son jour, à son heure, à sa minute, parce qu'il a touché la limite de son existence !

Non... non... sans aucun doute, sans aucun doute... il n'est pas mort... Alors... alors... il va donc falloir que je me tue, moi !

. . . .

JUGEMENTS SUR GUY DE MAUPASSANT ET SES CONTES

J'ai relu *Boule-de-Suif* et je maintiens que c'est un chef-d'œuvre. Tâche d'en faire une douzaine comme ça et tu seras un homme.

Gustave Flaubert,
Lettre à Maupassant du 20 ou 21 avril 1880.

Pourquoi aux yeux de certaines gens, Edm. de Goncourt est un gentleman, un amateur, un aristocrate qui fait joujou avec la littérature, et pourquoi Guy de Maupassant, lui, est-il un véritable homme de lettres ? Pourquoi, je voudrais bien le savoir !

E. de Goncourt,
Journal (27 mars 1887).

Maupassant est un très remarquable *novelliere*, un très charmant conteur de nouvelles, mais un styliste, un grand écrivain, non, non !

E. de Goncourt,
Journal (7 janvier 1892).

Monsieur de Maupassant est certainement un des plus francs conteurs de ce pays, où l'on fit tant de contes et de si bons. Sa langue forte, simple, naturelle, a un goût de terroir qui nous la fait aimer chèrement. Il possède les trois qualités de l'écrivain français : d'abord la clarté, puis encore la clarté et enfin la clarté. Il a l'esprit de mesure et d'ordre qui est celui de notre race. Madré, matois, bon enfant, [...] n'ayant honte que de sa large bonté native, attentif à cacher ce qu'il y a d'exquis dans son âme, plein de ferme et haute raison, [...] il est de chez nous celui-là, c'est un pays !

A. France,
la Vie littéraire, tome Ier (1888)

Dans le monde des lettres, où les crocs sont sinueux et durs, je ne connais pas un seul des amis de Maupassant qui puisse relever contre lui la moindre méchanceté, la moindre vilenie ; il est un des seuls auxquels on puisse rendre cette justice, sincèrement, nettement, sans même recourir à l'indulgent effort d'une amitié qui date.

J.-K. Huysmans,
la Revue encyclopédique (1893).

S'il a été, dès la première heure, compris et aimé, c'était qu'il apportait à l'âme française les dons et les qualités qui ont fait le meilleur de la race. On le comprenait parce qu'il était la clarté, la simplicité, la mesure et la force. On l'aimait parce qu'il avait la bonté rieuse, la satire profonde qui par un miracle, n'est point méchante, la gaieté brave qui persiste quand même sous les larmes. Il était de la grande lignée que l'on peut suivre depuis les balbutiements de notre langue jusqu'à nos jours. Il avait pour aïeux, Rabelais, Montaigne, Molière, La Fontaine, les forts et les clairs, ceux qui sont la raison et la lumière de notre littérature. Et, dans la suite des temps, ceux qui ne le connaîtront que par ses œuvres l'aimeront pour l'éternel chant d'amour qu'il a chanté à la vie.

É. Zola,
Discours prononcé aux obsèques de Guy de Maupassant
(10 juillet 1893).

Tourguéniev [...] considérait Maupassant comme le conteur le mieux doué qu'il eût connu depuis Tolstoï. Je l'ai entendu soutenir cette opinion à la table de Taine.

P. Bourget,
Études et portraits, 3e série (juillet 1893).

J'applaudis Zola, dans un discours perspicace autant qu'émouvant sur la tombe, par un parfait éclair, d'avoir indiqué La Fontaine comme exemple de la probable immortalité qui accompagnera nombre des contes fermes et libres de notre contemporain.

S. Mallarmé,
dans le *Mercure de France* (sept.-déc. 1893).

Que voulez-vous qu'on dise de ce conteur robuste et sans défaut, qui conte aussi aisément que je respire, qui fait des chefs-d'œuvre comme les pommiers de son pays donnent des pommes ? Que voulez-vous qu'on dise sinon qu'il est parfait ?

J. Lemaître,
les Contemporains, 5e série (1896).

Il est de la grande lignée normande, de la race de Malherbe, de Corneille et de Flaubert. Comme eux, il a le goût sobre et classique, la belle ordonnance architecturale et, sous cette apparence régulière et pratique, une âme audacieuse et tourmentée, aventureuse et inquiète. Il a aussi le style gras, la large verve bouffonne et somptueusement populacière d'un autre Rouennais moins illustre, Saint-Amant.

[...] Personne n'a plus amèrement compris que ce sensitif exaspéré le fini de la sensation dans l'infini de la nature, dont l'éternel recommencement est la pire des ironies pour l'homme éphémère.

J.-M. de Heredia,
discours prononcé à l'inauguration du monument
de Guy de Maupassant, à Rouen, le 27 mai 1900.

Au fond du pessimisme, Maupassant avait trouvé la pitié. [...] A mesure qu'on pénètre dans son œuvre, on discerne mieux cette compassion pour tous ceux que domestiquent et accablent les fatalités physiques, les cruautés humaines ou les criminels hasards de l'existence. [...] Et cette charité parfois hautaine ne s'inspirera d'aucune religion, d'aucun mysticisme : elle sera simplement et largement humaine. [...] Sa fraternité embrasse les bêtes et les gens. [...] Rappelez-vous, dans un de ses récits de chasse, la mort volontaire, si déchirante, de la sarcelle argentée. A de certaines heures, même les arbres unissent leurs plaintes à la lamentation universelle; souvenez-vous des grandes larmes que pleurent à l'automne les grands hêtres tristes sur l'âme, la petite âme de *la petite Roque*.

Pol Neveux,
discours prononcé à l'inauguration du monument
de Guy de Maupassant, à Rouen, le 27 mai 1900.

Il ne doit rien à Zola, son aîné de dix ans. Mais fils d'une amie d'enfance de Flaubert, et son compatriote normand, il est le disciple et le fils spirituel du grand Normand, à tel point qu'on ne trouverait peut-être pas d'exemple littéraire d'une filiation de génies aussi pleine, aussi droite, aussi logique, d'une mise au point aussi originale, aussi nette à l'intérieur d'un même ordre d'expérience humaine, d'un même plan de nature normande. Seules les écoles de peinture offrent un tel phénomène : Van Dyck et Rubens, Véronèse et Titien.

Tout d'abord, il est dans la littérature le maître certain du conte, le classique du conte, supérieur à Mérimée par la solidité et la variété des êtres vivants qu'il pétrit dans une pâte de peintre au lieu d'en évoquer les traits comme le grand dessinateur de *la Partie de trictrac*, supérieur à Alphonse Daudet non seulement par la richesse de la production, mais par un art plus mâle, plus tonique, plus direct.

A. Thibaudet,
Histoire de la littérature française de 1789 à nos jours (1936).

Les héros de *la Maison Tellier*, de *Mademoiselle Fifi*, des *Contes de la bécasse*, de *Miss Harriet*, des *Sœurs Rondoli* défilaient devant les yeux du lecteur sous un éclairage si habilement impersonnel que cet art paraissait seulement la reproduction de la réalité, qu'on oubliait le style, tant il semblait naturel, et que, depuis lors, plus d'un écrivain étranger, de Tchékhov à Galsworthy, a trouvé dans ces récits des modèles de composition.

R. Lalou,
Histoire de la littérature française contemporaine (1936).

Nombre des courts récits de Maupassant sont d'un métier admirable, d'une extraordinaire habileté de présentation et d'une langue très rare. On pourrait les prendre comme modèles. Il est quelques-uns de ces récits qui sont même beaucoup plus et mieux que de simples réussites formelles; en particulier *Boule-de-Suif* est dans son genre un chef-d'œuvre.

A. Gide (21 août 1938),
cité par Artine Artinian,
Maupassant, Criticism in France (1880-1940) [1941].

Les paysages normands, c'est ce que Maupassant a laissé de mieux. Il est un de nos meilleurs peintres d'extérieurs. [...] Ce descriptif à l'état pur sait brosser à larges traits nets, directs, virils, une cour de ferme, des falaises, la mer. [...] Les brumes d'un étang ne sont pas les mêmes en 1880 qu'en 1940 grâce à lui. [...] Maupassant restera toujours inséparable de certaines aubes, en septembre, quand on sort pour aller relever les lignes de fond avant le soleil, avant que les anguilles ne se soient décrochées, ou de certains clairs de lune, quand on va jeter les filets. Nous pensons à lui devant certaines brises, certaines gelées blanches, certaines siestes, au retour de marches forcées, d'expéditions cynégétiques, quand les gros souliers ferrés enduits de suint fument sur les chenets.

P. Morand,
Vie de Guy de Maupassant (1942).

Par la fidélité des peintures de mœurs, par l'art des détails, la justesse des descriptions de lieux, la finesse de l'observation, les livres de Maupassant constituent un document de haut intérêt sur le XIXᵉ siècle finissant. Mœurs rustiques et mœurs parisiennes, paysans cauchois, marins et pêcheurs, « cercleux » et boulevardiers, [...] Yvette, le pé' Toine et sa couvée, Maît' Belhomme et sa bête, Boitelle et sa négresse, Maît' Hauchecorne et sa ficelle, le père Mathieu .qui inventa le « saoulomètre » et la prière à saint Blanc, se retrouvent là conservés pour les générations. [...] La « couleur temporelle », comme on l'a remarqué justement, est chez Maupassant, aussi nette, aussi exacte que la couleur locale. Et c'est ce qui, après l'avoir un instant démodé, assurera sa durée

R. Dumesnil,
Guy de Maupassant (1947).

L'universalité de Maupassant est au-dessus de toute idéologie éphémère; elle a sa place aussi bien en Occident qu'en Orient. Ainsi les Russes, depuis Tolstoï, Tourguéniev et Tchékov, ont toujours été ses plus grands admirateurs. [...] Aux États-Unis où il est considéré comme un grand classique, la perfection de sa langue le désigne comme modèle à ceux qui étudient le français. [...]

Le Japon aussi ne rendait-il pas un involontaire hommage à son universalité en jetant l'interdit sur son œuvre, pendant la dernière guerre, parce que le gouvernement la trouvait trop imprégnée d'idées libérales ?

Éd. Maynial, président des « Amis de Maupassant »,
extrait d'un texte rédigé à l'occasion du centenaire de la naissance de Guy de Maupassant (5 août 1950).

Aujourd'hui, les qualités de style n'intéressent plus les écrivains ; les nouvelles ne sont plus des récits, mais seulement des impressions. Je pense souvent à Guy de Maupassant qui me paraît être le meilleur conteur du XIXe siècle. Il est vrai qu'il avait eu la discipline de Gustave Flaubert.

Somerset Maugham,
extrait d'une interview donnée aux *Nouvelles Littéraires*
(26 juillet 1952).

QUESTIONS SUR LES CONTES DE MAUPASSANT

LA FICELLE (p. 23 à p. 30).

— Analysez les deux premiers paragraphes en montrant que :
a) les détails caractéristiques,
b) les traits généraux,
c) l'art de la composition, font de ce passage un texte classique qu'ont appris par cœur des générations d'écoliers.

— Montrez comment, dans la description des divers personnages, Maupassant part du détail concret pour dessiner un type général.

— Indiquez par quels procédés Maupassant exprime la couleur locale. Notez l'emploi du patois local dans les dialogues et comment ces termes de patois sont insérés dans un contexte qui les rend intelligibles et en éclaire le sens. Quel intérêt y a-t-il à employer des noms de lieux exacts ? Quel effet pittoresque y a-t-il dans le choix des noms de personnes ?

— Montrez que la psychologie des personnages ne fait pas l'objet d'une analyse, mais qu'elle est suggérée par des traits bien choisis du comportement extérieur. En quoi ce procédé appartient-il à l'esthétique naturaliste ?

LE PETIT FÛT (p. 30 à p. 36).

— Notez le contraste entre la langue du récit, où l'écrivain s'exprime avec propriété et recherche dans le vocabulaire et dans la forme, et le langage fruste, patoisant et incorrect des dialogues, sans que la langue paysanne paraisse artificielle.

— Faites un portrait des deux protagonistes de ce crime crapuleux : *Maître Chicot* et la *Mère Magloire*. Soulignez les particularités de leur caractère.

— Montrez l'adresse avec laquelle Maître Chicot, plus matois et mieux informé, emploie un vocabulaire et des arguments propres à éveiller l'intérêt de la vieille femme, qui n'a aucune expérience des affaires.

— Étudiez la progression dramatique dans ce conte.

— Essayez d'écrire, en utilisant les dialogues de ce conte, un petit acte en quelques tableaux que l'on pourrait porter à la scène.

— Peut-on dire que *la Ficelle* comme *le Petit Fût* sont deux farces dramatiques ?

LE RETOUR (p. 36 à p. 42).

— Comment l'écrivain a-t-il indiqué les détails qui nous révèlent la dure condition des marins ?

— La pitié que l'on devine chez Maupassant est-elle de même nature que celle qui se manifeste dans le poème *les Pauvres Gens*, de Victor Hugo ?

— Analysez le caractère des trois personnages principaux, Martin, Lévesque, la mère. Comment leur caractère transparaît-il à travers le laconisme de leur langage. Vous semblent-ils « civilisés » ?

— La fin du récit répond-elle à l'attente du lecteur ? Y a-t-il un dénouement à ce drame ? Pensez-vous que le pathétique en soit renforcé ?

BOITELLE (p. 42 à p. 50).

— Comment l'auteur rend-il vraisemblable l'étrange passion qu'éprouve un simple paysan normand pour une femme de couleur ?

— Quels sont les différents sentiments par lesquels passent le père et la mère de Boitelle ? Quelle est la circonstance qui emporte finalement leur décision ?

— Maupassant tire-t-il tous les effets comiques possibles de cette situation ? L'émotion vous paraît-elle l'emporter sur le comique ?

— Pourquoi le personnage de la négresse — dont on ignore même le nom — reste-t-il si effacé en comparaison des autres personnages ? Quel caractère peut-on lui attribuer ?

— Quelle morale Boitelle dégage-t-il de cette histoire avant même d'en faire le récit ? Ne rappelle-t-elle pas certaine thèse chère à Molière ?

— Montrez comment Maupassant pose, par touches discrètes, le problème du racisme.

— Peut-on dire du *Retour* comme de *Boitelle* que ce sont deux drames sans éléments tragiques ?

LA ROCHE AUX GUILLEMOTS (p. 50 à p. 55).

— La première partie du récit n'a-t-elle qu'un intérêt documentaire et descriptif ? Le sentiment de la nature ne s'y exprime-t-il pas aussi ? De quelle façon ?

— Maupassant est-il habile à manier l'humour macabre ?

— Malgré la brièveté du conte et le peu de relief des personnages, peut-on trouver un intérêt psychologique au récit ?

— Dans quelle mesure M. d'Arnelles et ses compagnons sont-ils des « types » ?

LES BÉCASSES (p. 55 à p. 58).

— Dans quelle mesure Maupassant utilise-t-il dans ce récit des souvenirs personnels ?

— D'après le portrait que Maupassant donne des d'Orgemol, pouvez-vous sentir quel amour le conteur porte à la race normande et quel orgueil il tire de ses origines ?

— Montrez comment Maupassant, en quelques lignes, souligne les vertus et la personnalité de Maître Picot, puis de la fermière, et quel ordre règne dans l'organisation de la ferme.

— Soulignez l'allure humoristique du départ des chasseurs et de la fin du récit.

AMOUR (p. 59 à p. 63).

— Le début de ce récit n'est-il pas une des rares confidences que Maupassant ait faites au lecteur dans ses *Contes*? Ne pourrait-on rapprocher ce texte du début de *Mouche* (cf. p. 91), où l'auteur nous confie également son amour païen de la nature et des paysages aquatiques?

— Analysez l'art avec lequel Maupassant évoque les paysages sauvages des marais. Montrez comment il mêle à la description la peur élémentaire qu'y ressent l'homme et comment il évoque les théories de l'évolutionnisme et de la création.

— Montrez par quel contraste, sans transition, Maupassant aborde le récit.

— Étudiez l'art avec lequel le conteur rythme le texte en passant du récit prosaïque à l'évocation lyrique des beautés naturelles.

— L'amour fidèle jusqu'à la mort du couple de sarcelles n'implique-t-il pas une critique indirecte de l'humanité?

— Notez l'absence de commentaire à la fin du récit, qui retourne à la froideur prosaïque de la narration.

DEUX AMIS (p. 64 à p. 70).

— Ces quelques paroles brèves, au début du conte, vous semblent-elles suffisamment évocatrices de l'atmosphère du siège de Paris pendant l'« année terrible »?

— Comment est née l'amitié de M. Morissot et M. Sauvage? Sur quoi se fonde-t-elle?

— Comment Maupassant rend-il plausible que ces deux hommes pacifiques et calmes prennent la dangereuse décision de franchir les avant-postes et d'aller pêcher si près des Prussiens?

— Soulignez le contraste entre le calme heureux de la nature et le bombardement. Comment Maupassant, ici comme ailleurs, souligne-t-il la stupidité et la cruauté de la guerre?

— Montrez comment, après les considérations générales des deux hommes sur la guerre, le drame se présente brusquement à eux.

— Quelle est la psychologie de l'officier prussien?

— L'héroïsme sans phrase des deux pêcheurs vous semble-t-il émouvant? inattendu? Pourquoi?

LE PARAPLUIE (p. 70 à p. 78).

— A travers ce portrait tout moral que Maupassant nous donne de Mme Oreille, pouvez-vous vous faire une idée de son apparence physique?

— Que pensez-vous de la personnalité de M. Oreille? Vous semble-t-elle bien observée?

— Caractérisez l'atmosphère de ce milieu familial. Vous semble-t-elle exacte ou excessive ?

— Le contraste entre le despotisme et le caractère violent de Mme Oreille, à la maison, et sa timidité à l'extérieur est-il un trait de caractère bien observé ?

— Montrez comment se déroule, dans l'âme de Mme Oreille, le combat entre son avarice et sa timidité. L'honnêteté intervient-elle ?

— Comment Maupassant souligne-t-il le ridicule de la réclamation de Mme Oreille pour une somme aussi modique ?

— Vous semble-t-il vraisemblable que l'avarice de Mme Oreille, qui la pousse à mentir sur les circonstances de l'accident, lui fasse inventer un nouveau mensonge devant le directeur pour justifier ses prétentions ?

— Comment les dernières paroles de Mme Oreille soulignent-elles de façon comique son « économie excessive » ?

L'ÂNE (p. 78 a p. 88).

— Maupassant pour noter la poésie du paysage des bords de la Seine utilise-t-il des souvenirs personnels ?

— Montrez comment l'atmosphère des bords de la Seine, au début du conte, est essentiellement évoquée par des sons.

— Montrez le contraste entre la délicatesse du style qui souligne les nuances du paysage et la vulgarité du dialogue qui s'engage entre les deux ravageurs. Relevez les expressions de langage populaire qu'emploie Maupassant pour dépeindre leur mentalité.

— Cette farce cruelle et de mauvais goût vous semble-t-elle vraisemblable par rapport à la psychologie des deux ravageurs ?

— La pitié de Maupassant pour l'âne est-elle exprimée ? Vous est-il possible de la deviner ? Pourquoi ?

— L'esprit rusé de Labouise, qui lui permet de duper le gargotier, vous semble-t-il bien dépeint par Maupassant ?

— L'intérêt de ce conte est-il bien soutenu ? A que moment devinez-vous la conclusion ?

LA PEUR (p. 93 à p. 99).

— Partagez-vous ce regret du voyageur pour cette poésie du surnaturel et croyez-vous, comme il le dit, que la science ait appauvri l'imagination poétique ?

— Commentez le jugement de Guy de Maupassant sur l'art de Tourguéniev. En quoi les préoccupations du conteur russe rejoignent-elles celles du conteur français ?

— Comment, au cours du récit que fait Maupassant de l'aventure de Tourguéniev, l'intérêt du lecteur est-il éveillé ? Pourquoi, après avoir créé chez le lecteur un sentiment d'effroi, Maupassant donne-t-il une explication rationnelle et vraisemblable de l'aventure ?

— Montrez comment, dans la seconde anecdote qui se passe en Bretagne, le héros lutte contre la peur qui l'envahit par le raisonnement; relevez les détails qui montrent cette attitude. L'explication finale vous satisfait-elle?

LE HORLA (p. 100 à p. 125).

8 mai. — Maupassant n'exprime-t-il pas ici le propre sentiment qui l'attache à sa terre natale?

— La description du trois-mâts brésilien aura-t-elle de l'importance dans la suite du récit?

12 mai. — Relevez dans les remarques désabusées du malade les informations qui donnent une forme moderne au pessimisme de l'auteur. Maupassant exprime-t-il ici sa propre pensée?

25 mai. — Que pensez-vous de cette explication matérialiste des états d'âme?

— Cette phrase : « Je sens aussi que *quelqu'un* s'approche de moi », est-elle importante pour la suite du récit?

2 juillet. — Comment la description de l'abbaye contribue-t-elle à suggérer l'atmosphère d'inquiétude et d'angoisse devant l'inconnaissable?

— Montrez comment Maupassant revient ensuite à une attitude de bon sens.

3 juillet. — La souffrance du cocher crée-t-elle un élément de vraisemblance dans l'ordonnance du récit?

— Quelles remarques appellent le langage et le style du cocher?

4 juillet. — Pourquoi Maupassant reprend-il, en y insistant, la remarque du 25 mai?

5, 6, 10 juillet. — En quoi l'épisode de la carafe montre-t-il le souci qu'a Maupassant de convaincre par des arguments rationnels?

12 juillet. — Le voyage à Paris vous paraît-il utile dans la composition d'ensemble du récit?

14 juillet. — Maupassant n'exprime-t-il pas ici des idées qui lui sont propres?

16 juillet. — Que pensez-vous de la présentation scientifique que Maupassant donne aux faits dont il parle?

— Vous paraît-il adroit de noter tout d'abord l'incrédulité du héros?

— Les propos du héros sur la religion et l'esprit religieux vous paraissent-ils révélateurs de la propre pensée de Maupassant?

— L'expérience d'hypnotisme pratiquée sur la personne de Mme Sablé vous paraît-elle utile pour la suite du récit?

21 juillet. — Quelle est l'utilité de cette allusion à la Grenouillère?

4 août. — Cette remarque est-elle habile pour préparer le lecteur a entrer de nouveau dans le climat surnaturel?

5 août. — L'anecdote de la rose apporte-t-elle un argument convaincant?

7 août. — Pensez-vous qu'un homme qui raisonne comme le héros soit fou ?

8 août. — Quelle valeur dramatique présente le pronom personnel « il » ?

9 au 15 août. — Quels sont les moyens employés pour amener de façon vraisemblable et presque logique cette idée que les êtres invisibles existent ?

17 août. — Ce retour à une apparence d'attitude rationaliste est-il habile par rapport au dramatique incident du 16 août ?

19 août. — Ce rappel du trois-mâts évoqué au début du récit, ainsi que l'apparence scientifique de l'information et l'utilisation des doctrines de l'évolutionnisme sont-ils des arguments habiles pour nous convaincre ? Ne sont-ils pas trop habiles ?

— En résumé, ce conte vous semble-t-il être seulement un divertissement adroit, ou bien croyez-vous que l'auteur expose, sous une fiction, des problèmes qui le préoccupent personnellement ?

SUJETS DE DEVOIRS

Narrations.

Pouvez-vous imaginer un dénouement différent au conte *le Retour* ?

— A la manière de Maupassant, esquissez le portrait physique et moral d'un paysan d'une province de France que vous connaissez bien.

— Racontez un autre épisode de la vie de M. et de Mme Oreille, en tenant compte des caractères des personnages tels que Maupassant les a dessinés.

— Avez-vous jamais assisté à une scène de cruauté envers un animal comme celle que Maupassant raconte dans *l'Ane* ou Victor Hugo dans le poème *le Crapaud (la Légende des siècles)* ?

— Décrivez dans quelles circonstances vous avez éprouvé avec le plus d'intensité le sentiment de la peur ; vos impressions confirment-elles celles de Maupassant ou s'en écartent-elles ?

Dissertations.

Que vous inspire cette observation de Paul Morand [*Vie de Guy de Maupassant*, 1942] : « Le paysan de Maupassant représente un mouvement de réaction contre l'honnête agriculteur de Jean-Jacques, la faucille d'or du père Hugo et les harmonies bergères de Bernardin de Saint-Pierre. Maupassant reprend Balzac » ?

— Commentez cette réflexion de Claude-Edmonde Magny, faite à propos du roman américain moderne et de Faulkner : « A la fin de *Pylône*, se place un incident destiné à nous communiquer ce sentiment très faulknérien qu'est l'ironie tragique du sort. [...] Or, c'est à des incidents de même type, présentés sans commentaire aucun, que recourt Maupassant, dans *la Ficelle*, *la Parure*, ou *le Petit Fût*, pour exprimer ce même sentiment de la futilité tragique de tous les efforts humains. L'horreur serait un autre sentiment violent qu'un commentaire ne peut qu'affaiblir : Faulkner n'a pas besoin d'insister [...] pas plus que Maupassant n'a à souligner le caractère terrifiant de *la Peur*, *l'Auberge*, ou *le Horla*. »

— Que pensez-vous de la place qu'assigne à Maupassant le critique Léon Deffoux dans les lignes suivantes : « Maupassant est aujourd'hui à sa vraie place, comme un grand conteur français, le seul peut-être qui, dans le plus limpide des styles, ait su exprimer le pathétique banal de la vie quotidienne. [...] Il ranima et rajeunit une grande tradition oubliée ; il a, de plus, ce mérite sur les vieux « nouvellistes » français, qu'il compose mieux qu'eux son récit et que son style est autrement sobre et ferme. Enfin, il a peint l'humanité moyenne. [...] Il a surtout décrit exactement les misères, les faiblesses, les sottises de cette humanité sans buts élevés ni grandes passions ; et cela, peu de conteurs l'avaient fait avant lui. »

— Commentez cette réflexion de Léon Lemonnier en l'appliquant aux contes fantastiques de Maupassant : « Un conte fantastique relève de la manière d'Hoffmann s'il se passe dans un milieu observé et s'il implique une confusion entre le monde réel et le monde imaginaire. Il relève de la manière de Poe s'il se passe dans un décor inventé, s'il utilise la science expérimentale ou s'il contient une évolution pathologique observée avec rigueur. »

— Développez cette comparaison que Léon Lemonnier établit entre Guy de Maupassant et Gérard de Nerval : « La vérité est sans doute que chez Maupassant, le fantastique a deux sources distinctes : l'une purement littéraire et objective qui s'est manifestée au début de sa carrière, l'autre authentiquement biographique et qui n'a pris d'importance que vers la fin de sa vie. En cela d'ailleurs, son cas peut se comparer à celui de Gérard de Nerval ; car si *la Main enchantée* est un pur exercice de conteur, *Aurélia* est bien la confession d'un malade. [Il convient de rappeler que le premier conte publié de Maupassant, en 1875, a pour titre *la Main d'écorché* et a été inspiré par la rencontre, à Étretat, de l'auteur avec le poète anglais Swinburne ; ce dernier possédait une main d'écorché qu'il offrit, sur sa demande, au jeune conteur français.]

TABLE DES MATIÈRES

Imprimerie Larousse,
1 à 9, rue d'Arcueil, Montrouge (Seine).
Avril 1955. — Dépôt légal 1955-2e. — No 3186.
No de série Editeur 3237.
IMPRIMÉ EN FRANCE (*Printed in France*).
35.200 P-11-65.